前田普羅　季語別句集

凡　例

一　本句集『前田普羅　季語別句集』は、『定本普羅句集』および未収録句を季語別に分類し、作句の便に供するように精選したものである。

二　編集は、虚子編『新歳時記』に準拠したが、現代の生活や季節感等により変更を加え、季語を追加した。その際は、現在使われている各種歳時記を参考にした。

三　季節の区分は、立春・立夏・立秋・立冬を各季の始めとしたが、本句集では、作句の利便性という観点から季語の配列を月別とした。

四　表記は、原則として歴史的仮名遣いとしたが、ルビは現代仮名遣いとした。

五　例句の順は、『定本普羅句集』のページ収録順とした。

目次

冬の部

一月

春の部

二月

四月

夏の部

五月

七月

秋の部

八月

十月

冬の部

十一月

十二月

冬の部

一月

正月《しょうがつ》

大雪となりて今日よりお正月
雪除けを出ありく飛騨のお正月
正月や人のあるける寺の苔
正月の下駄の音する飛騨の峡
正月や柚の遊びのふところ手
病人に十日正月晴れつづき
子はすでに童話は読まずお正月

去年今年《こぞことし》

たちよれば榎のかげの去年今年

新年《しんねん》

年立つや文芸復興遠くして
すさまじや新年夜々の月丸し
昨日よりありしむくろに年や立つ

元日《がんじつ》

雪の戸にいつまで寝るや御元日
雪国の満月のぼりお元日
元日を覚むるやつねの北枕
葱寒し地平紫にお元日
元日の曇の中に凧泳ぐ
渋柿の一つ見ゆるやお元日

玉霰四方より打つや御元日

元旦《がんたん》
元旦の主客となりぬ水仙花

初鶏《はつとり》
初鶏に応ふる鶏を閨近く

初明り《はつあかり》
初明り男の児生まるる野に山に

初日《はつひ》
畳あり屋根あり初日かつ差しぬ

初空《はつぞら》
雪雲の絶間にもゆる初御空

初富士《はつふじ》
初富士に少し出ありく薪とり

礼者《れいじゃ》
雪掻けば直ちに見ゆる礼者かな

新しき足袋も紺なる賀客かな

賀状《がじょう》
七ころびをかし賀状の一からげ

門松　かどまつ　松立てて古き馬屋の雀の巣

飾　かざり　輪飾は緑初漁待つばかり

飾臼　かざりうす　雉子鳴きし藪に日あたり臼飾る

歯朶　しだ　雪とけし歯朶の雫を下げて来し

鳥山に遊びし径に歯朶を切る

福藁　ふくわら　福藁の広くあまれる勝手口

手毬　てまり　まり唄や二百を越せば男めき

追羽子　おいばね　追羽根のあまりに高き農家かな

羽子　はね　雪消えてつくばね黒くひろひけり

万歳　まんざい　万歳や信濃路近く知己ありて

万歳の扇繕ふ旅寝かな

獅子舞《ししまい》

獅子舞や戯絵ふせたる机辺まで

獅子荒れて蕾の梅を落しけり

二日《ふつか》

二日早や遠音神楽に下駄の音

切餅の切口ひかる二日早や

山始《やまはじめ》

安達太良の初雷も杣はじめ

織初《おりぞめ》

織初や競ひたかぶる青莚

初市《はついち》

初市や暁せまる富士の雪

初湯《はつゆ》

三日月におとす初湯の響きけり

ごくごくと初湯あがりの二三服

初風呂の火を落しけり夕間暮

梳き初　すきぞめ
梳き初めになほ鏡あり仮の宿

初句会　はつくかい
初句会こげし蕎麦湯も又うれし

初夢　はつゆめ
初夢の枕に近し餅莚
初夢を買はれたる妓の素足かな

三日　みっか
雪の田の鳩立つて三日暮れんとす
正月の遊び始まる三日かな

出初　でぞめ
湖の氷をよごす出初かな

寒の入　かんのいり
綬をたれて榛もしづかに寒に入る

寒の内　かんのうち
晴雪を雀ありきて寒ゆるむ

寒の水

かんのみず

寺々に松籟ふくや寒土用

寒温し工長墨をすりて遊ぶ

しづかさや寒ぐもりして休電日

寒曇り油飛ばして巨船来る

寒曇り一縷の油江を下る

喜びの面洗ふや寒の水

ひとり居や映るもののなき寒の水

揚げられし漬菜ひろごる寒の水

寒の水四隣を鳴らし汲まれけり

寒水に我が手の見ゆる潔し

蜘蛛のごと四つ手振舞ふ寒の水

寒水をはなれて小さき四つ手かな

寒餅《かんもち》

寒餅をならべし部屋に予習の子

一臼の寒餅搗いて静まれり

寒餅を暫く搗けば灯りぬ

寒紅《かんべに》

寒紅を詠みし俳句を産屋より

寒垢離《かんごり》

眉太き寒行の顔おぼえけり

寒灸《かんきゅう》

寒灸師山家に来り泊りけり

たぶたぶと寒灸の墨すられけり

寒声《かんごえ》

尋ね人寒声の中に居たりけり

寒卵　かんたまご

寒卵みなそろへたる古巣かな

牝鶏の横顔正し寒卵

寒卵生むとて納屋に来りしか

寒卵かからじとする輪島箸

月よりも雪よりも白し寒卵

寒鯉　かんごい

寒鯉や日ねもす顔を突き合せ

寒鯉の居ると言ふなる水蒼し

寒鮒　かんぶな

寒鮒の釣り上げらるる水面かな

寒鮒にまじりて由々し手長蝦

寒鮒の汲みかへられて澄みにけり

寒鮒を三つ四つあげて四つ手去る

七種《ななくさ》

七草や雀鳥の枝うつり

七草や商談高き電話室

七草や電灯くらく電車着く

寒芹《かんぜり》

寒芹の丁々として竜田川

寒芹や蕭然として水に処す

人日《じんじつ》

人日の夕日をあびて遊びけり

人日や滞貨が喰める玉霰

人の日や読みつぐグリム物語

七種粥《ななくさがゆ》

天暗く七種粥の煮ゆるなり

寝正月　ねしょうがついひぎりの実を窓外に寝正月
初薬師　はつやくし初薬師藪寺なれど弘仁仏
十日戎　とおかえびす本買つて十日戎の荷の底に
餅花　もちばな一枝の繭玉さげて顔四つ
餅花や忘らるる頃花やぎて
餅花の落ちたる枝頭ゆれにけり
松納　まつおさめ東京の松を納めし風さむく
故郷は松を納めて明るしや
奥山も松を納めてゐたりけり
松納め遊び納めの友集ひ

歌舞伎座の松を納めて山のごと
鈴の屋の松を納むる夕かな

左義長　さぎちょう
倶利伽羅に吹きあげらるる吉書揚

鳥総松　とぶさまつ
鳥総松伊勢路は夕日大にして
鳥総松神も伊勢路を遊ぶらん
鳥総松伊勢路つめたくなりにけり
帰らなん故郷を指す鳥総松
大いなる鳥総松して山住ひ

小正月　こしょうがつ
客去れば日くるるばかり小正月

藪入　やぶいり
藪入に鯛一枚の料理かな

凍る　三

こおる

藪入に餅花古りて懸りけり

藪入の親子の水田氷りけり

藪入のかへり来る琵琶のほとりかな

凍てし手に悲しき手紙とどきけり

駒ヶ岳凍てて巌を落しけり

凍除けの青き莚を文庫まで

凍を来し猫の足うらの真紅

鮎飼ひし噴水凍てつ屋上園

位山凍雲翔けて国くらし

駅を出て凍かんかんと靴に鳴る

瘤々の高桑凍に遇ひにけり

飛騨人の根深を担ぎ凍きたる

凍とけぬ水無の神の篝跡

きりきりと豪華自動車冱てに啼く

月照るや両岸氷る南白亀川

冱空に代赭もりあげ千葉医大

大凍に衆山径を交はしけり

冱は来ぬ熊は掌をなめもの言はず

大凍や松をこぼるる黄鶺鴒

老松の枯葉を誘ふ凍つよし

冴ゆ 三

さゆ

大凍や棟梁尾張よりのぼる

ぬれ縁に置きし手紙も冱てにけり

大凍のしづかに過ぐる藪椿

蓮洗ひ凍野をしぼる水溜めて

山川の凍れる上の竹の影

朝顔を植ゑんと思ふ土凍つる

いひぎりの実の紅々と冱みまさる

大凍や足裏あらはに猫ありく

山辺より灯しそめて冴ゆるかな

冴え冴えて西日さへぎる妙義山

皸 三 あかぎれ

あかぎれが無くて歩けり御堂筋
あかぎれの巨口もはばむ薬かな
あかぎれの薬は燃えて了ひけり
あかぎれをかくさふべしや今年妻

霜焼 三 しもやけ

鮎の炉や霜焼の子は掌を抱く

霰 三 あられ

霰うつ笠置の岩の面かな
霰つむおち葉の下の能登の径
よべ打ちし霰のとくる鳥屋の畑
一掴み姥がなげたる霰かな
熊笹をうらがへし打つ霰かな

風花 三

かざはな

山姥の言もきこえず霰笠

荒獅子の踏みたる雪につむ霰

倶利伽羅の径まざまざと初霰

子の髪に溶くる霰が見ゆるなり

霰とけし五彩を放つ広野かな

寒巌の霰を溜めて居たりけり

子の髪にかかりし霰いつまでも

上つ毛や風花おろす山を並め

風花や西日肩こす金剛山

風花がのこせし野路の玉あられ

雪 三

ゆき

風花を笑ひ囃すや松の山
風花の止みし日向のこぼれ松
風花のどつと一揺り春日山
富士見えて風花たまる曼珠沙華
風花に押されあるきて犬飢うる
風花に年を忘れて立ちにけり
どさどさと夕日に落ちぬ塔の雪
農具市深雪を踏みて固めけり
荒れ雪に乗り去り乗り去る旅人哉
雪垂れて落ちず学校はじまれり

天辺の雪を落しぬ高野槇
雪垂れて我が家ともなし夕日影
御涅槃のかたきまぶたや雪明り
雪明り返らぬ人に閉ざしけり
わが庵の鮭に降り込む粉雪かな
紫に暮れ行く雪の工夫かな
大椅子や雪明りして庵の壁
深雪宿かもめ来なれて聞きなれて
芋洗ふ仕掛うごきぬ雪の宿
商人の足跡つけし深雪かな

雪つけて笠置く宿の二階建

雪山に雪の降り居る夕かな

明るしや黒部の奥の今年雪

山吹を埋めし雪と人知らず

火事映る深雪の上の女夫鶏

最上川吹雪過ぎたる北明り

雪つけし白根がのぞく甲斐が窪

奥白根かの世の雪をかがやかす

山吹の青枝かなしく雪の下

赤き手に掻く一むらの肩の雪

釣橋の深雪にありく鶏女夫

鮎の宿雪に紫煙をあげにけり

焚木折るとどろとどろと深雪宿

鮎の瀬の巌がかむる雪帽子

松明ゆくや燦爛として雪の枝

松明赤くどよもしかへす雪の沢

能登吹雪かくても住める人やさし

菜につもり水仙につみ雪重し

香木のあぐる炎を雪にさす

焚き焚きて香に燻る深雪かな

香たかし物の怪のごと吹雪行く
香木を削る音して夜々の雪
雪上を犬のゆききや香洩るる
雪落ちし音に香煙くづほるる
雪上にうち払はるる香の灰
上路川みなかみ高く雪ぐもり
山姥がのぞきし峯々に雪早し
雪さそふ蕭条として裏黒部
白鳥のおりくる雪に夜々ながし
錠あけて屋上園の雪を押す

深雪つむ屋上園に近き飛騨

たかぶりを歩く径なく雪つもる

白雪にかへり来ませり言葉なく

この雪に昨日はありし声音かな

吹雪やみ物音とほき夕かな

吹雪やみ木の葉の如き月あがる

一吹雪前山丸く月に澄む

人住めば人の踏みくる尾根の雪

吹きたまる雪に径たえ鮎の宿

牝鶏はねむり牡鶏雪をかむ

霏々として雪積みつるむ鶏女夫

飛騨の山襟をかさねて雪を待つ

飛騨くらし人も歩かず雪つもる

燦爛と松明おけり雪の径

生み添へて擬卵をぬらす雪の鶏

肌すべる月におどろく雪の峰

樹々の雪蹴つて山鳥色つよし

鶏つるみ吹雪に顔をそむけけり

吹雪来ぬ目鼻も分かず小商人

吹雪濃し荒瀬のひびき遠ざかる

犬行くや吹雪の中に尾を立てて
松明はまばたき吹雪通りけり
鳥落ちず深雪がかくす飛騨の国
吊橋の深雪ふみしめ飛騨へ径
飛騨人や深雪の上を道案内
鮎の炉の火かげとどかず深雪の戸
駅凍てて広野につづく深雪かな
鮎焼きし大炉の灰に雪あかり
浪割るる水平線に能登の雪
能登人にべうべうとして吹雪過ぐ

一刷毛の雪に急ぎて来りけり

雪　永し鼠漸く壁を抜く

庭上の深雪を割れり客来る日

雪の夜や家をあふるる童声

午後四時の色は悲しき雪の宿

大江のみなかみ隠す吹雪哉

大江を過ぐる吹雪に渡舟着く

雪の江や高うねりして汐さし来

追ひつめし猪が尻置く深雪哉

花と散る猪の血しほの雪を踏む

越中に入る日雪降り去る日また
雪舞ひてなかなか落ちず岳夕日
雪を噛む大魚浪にもつかれけり
真夜中の電話悲しき雪の宿
警報をききし草津の雪しづか
遠国のかまぼこ並ぶ雪の町
雪の香やしづかに吹雪つもるなり
大雪に足跡深し子等のもの
雪深し紫さして夕まぐれ
雪厚し人は静かに舟を漕ぐ

風呂焚くや吹雪の笛は野を駆くる
行き行きてやがて分かるる雪の径
一吹雪過ぎたる空の割れにけり

雪卸 三 ゆきおろし

雪卸し能登見ゆるまで上りけり
雪おとす我が大屋根を頂けり
雪おろす人の面を鶚わたる
暮れそむる奥山見えて雪おろす
雪おろす人の見てゐる遠雪崩

雪踏 三 ゆきふみ

雪踏みのつけたる道に出でにけり
雪踏みのふみ始めたる門の雪

雪車 三 そり

雪沓 三 ゆきぐつ

雪折 三 ゆきおれ

雪晴 三 ゆきばれ

一つ行く橇に浪うつ最上川

橇の径いくつも古りぬ最上川

駅前の雪に空雪橇一廻り

さかな橇傾き走る深雪かな

鮎焼きの炉辺の雪沓うつくしき

雪折をあつめ来りぬ雪の上

雪晴れて蒼天落つるしづくかな

晴雪やわが影見ゆる芥川

大空の一とこ破れて雪晴るる

雪晴れて午報うつ町並びけり

晴雪やうす紫の木々の影

晴雪や雫瀧なす笹津橋

晴雪や満干なき海おそろしき

魚あげて小津の荒雪晴れにけり

凛々といひぎりの実に雪晴るる

氷　三　こおり

落ち潮の芦に懸れる氷かな

空谷のわれから裂くる氷かな

瀧の如き氷下がれり国境

寒月　三　かんげつ

風邪人に寒月すでに上りをり

寒月のさしたる顔の夢さむる

寒曝　かんざらし
寒鴉　かんがらす
寒雀　かんすずめ
凍蝶　いてちょう
寒牡丹　かんぼたん

糸のなき糸巻に似て月寒し
寒月やしばらく葱をきざむ音
暁け行くや月より白き寒晒
穢を食みて高きにかへる寒鴉
眼を閉ぢてふくら雀の囀れり
寒雀身を細うして闘へり
凍蝶の落ちたる如く雪に立つ
凍蝶の地を掻く夢のなほありて
冬牡丹見るとてくづす厨髪
人と見し當麻の牡丹今は冬

寒菊《かんぎく》
冬の草　三　《ふゆのくさ》
麦の芽《むぎのめ》
寒肥《かんごえ》
日脚伸ぶ《ひあしのぶ》

早梅《そうばい》

寒菊の色の強きをあはれみぬ
冬草に落つるものなく雲駆くる
冬草は別離と知らず濃緑に
半日の雪かぶされり麦の芽に
寒肥をまつ樹に月は上りけり
伸びし日の潤ひ雨に牛休め
病ひ鶏伸びし日脚にうづくまる
夕方の一とき風に日脚伸ぶ
今年鶏目つぶり座り日脚伸ぶ
梅早し浪速は神の多きところ

探梅《たんばい》

探梅の人が覗きて井は古りぬ

探梅の人が折り行く岸の芦

春待つ《はるまつ》

春待つや古き幕垂れ定休日

春隣《はるとなり》

勧進の鈴ききぬ春も遠からじ

春の部

二月

春《はる》 三

蝕めるゆづり葉に春曇りけり
日に焼けし手足揃へて春を病む
大空に弥陀ヶ原あり春曇
有明に狐飼ふ子の春明くる
灯の下に寝ねしは誰ぞやよべの春
浅間山涸沢かけて春躑躅
一抹の雪雲はしる春夕日

立春

りっしゅん

三たび来て此の春苔に足を置く

うかうかと桐の実のこり春を鳴る

春の山春の海とてそこな安房

利根に入る瀧一すぢや春早

杓子菜も根深も青き春早

足跡の大いなるかな春早

オリオンの真下春立つ雪の宿

雪五度立春大吉の家にあり

立春の暁の時計鳴りにけり

煤たれて春立つ窓に幾吹雪

春立ちし国々の上の浅間山
春くるや急ぎなだるる砺波山
立春や一抹の雪能登にあり

二月　にがつ

面体をつつめど二月役者かな
一と山の煤の流るる二月かな
苔つけし松横たはる二月かな
二月野やさざめき通る砂寄進

早春　そうしゅん

鹿苑寺早春の風わたり行く
春早し腰高障子ひしひしと

春浅し　はるあさし

浅春の火鉢集めし一間かな

春浅く松は伐られぬ藪の中
浅春や暈日かかれる槇の枝

春祭 三 はるまつり

南白亀郷聚星青く春まつり
雪解瀧かしこみかかり春祭
寝雪照るや昨日とすぎし春祭
谷々に乗鞍見えて春祭

針供養 はりくよう

四五人の弟子を嫁がせ針供養

雪解 ゆきどけ

高窓に旅人見るや雪解風
雪解風暁の戸を打ち居たり
雪解川名山けづる響かな

茶屋起きて雪解の松に煙らしぬ
山姥の渉りしあとの雪解かな
紫に鳶の影ゆき雪解風
雷落ちし木々にはさまれ雪解寺
雪とくる音絶え星座あがりけり
雪解風吹くや身をゆる葡萄蔓
人声の谺もなくて飛騨雪解
簗かけし岩もかくるる雪解かな
山吹にしぶきたかぶる雪解瀧
商人が来りて歩く飛騨雪解

雪崩

なだれ

汽車たつや四方の雪解に谺して

竹を伐る人にやむなし雪解雨

雪解して二川落ち合ふ夕日かげ

鶏交み四山の雪解はじまれり

雲の奥雪解はじまる医王山

あがり足洗ふや雪解水迅し

雲垂れて雪解をいそぐ医王山

絶壁にはりつく雪の解くるなり

此の径の汝とふみし雪消ゆる

国二つ呼びかひ落す雪崩かな

残雪　ざんせつ

凍解　いてどけ

四方の山雪崩のあとを天辺より

雪崩かけて日暮るる早し打保《うつぼ》村

遠なだれ山鳥の尾を垂れて飛ぶ

杣がくぐり熊が通れる雪崩どめ

残雪や飛騨番匠は庫たつる

凍どけや老木がおとす幾雫

凍どけの南下りに飛騨古りぬ

冱てどけの雫を一つ客の前

水仙の高く匂ひて凍ゆるむ

冱てゆるみ水仙どうと曲りけり

冴返る　さえかえる

凍ゆるみ雪に影置くあすなろう
聞法の人の背なかの凍ゆるむ
日光の諸峰あらはに冴えかへる
風呂の火の小さく赤く冴え返る
一筋の径抱へて利根は冴え返る
冴え返る竹緑なりゆれやまず
白き足白き手に冴えかへりけり
底ぬけのポケットに手の冴えかへる

春寒　三　はるさむ

春寒や埃をかぶる庭の雪
春寒し二枚敷きたる熊の皮

卵売り春の寒さを来りけり
蜜豆を二度見る夢や春寒し
春寒し隣りの見えて雪一枚
起きふしに仮の浮名や春寒し
春寒し閉ざさで眠る停車場
種鯉のあらはれ泳ぎ春寒し
補陀落の岸うつ春の寒さかな
女性浅間春の寒さを浴びて立つ
春寒し人熊笹の中を行く
青々と蛇籠くまるる春寒し

余寒《よかん》

月走る雲はしる春の寒さかな

春寒し馬がさわがす山の町

春寒し白日のもと富士荒るる

富士を見しと手紙に書くも春寒し

春寒し一朶の海苔は流れ行く

薬かむ唇紅うごき春寒し

懐炉二つ残る寒さを歩きけり

まつ直ぐに雪の降りゐる余寒かな

一点の雲のそそげる余寒かな

墨烏賊に包丁よごす余寒かな

麻疹　三　ましん
猫の恋　ねこのこい
白魚　三　しらうお
野焼く　のやく
焼野　やけの

町を出て松風を聞く余寒かな
はしか児の言葉おぼえて遊び居り
くらやみの上野かけぬく猫の夫
猫孕み金銀の目の光りけり
をさな児もきいてゐるなり猫の恋
白魚の汲む程漁れて片濁り
草焼いて人やすらへり鴻の台
三日月の見えそめし頃野火消ゆる
末黒野に伏せたる田舟買はれけり
末黒野をしばれる葛の芽吹きけり

山焼く　やまやく

山を焼く火もかくるるや紀伊の闇

おごそかに燧《ひうち》火《び》走り山焼くる

猫柳　[三]　ねこやなぎ

猫柳朝の郵便来りけり

家こぼつ埃上がるや猫柳

音もなく折れて手にあり猫柳

菠薐草　ほうれんそう

管なせる菠薐草も食まんとす

蕗の薹　ふきのとう

飛騨暮るる雪解湿りに蕗の薹

蕗の薹二つ堪へ居る風雨かな

水菜　みずな

京菜たけ昼夜をおかず海の音

海苔　[三]　のり

白紙に一握りづつ舳倉海苔

大海に流れむとする海苔を採る

青海苔 三 あおのり

棹突きし其処も青海苔隅田川

梅 うめ

軒下に昼風呂焚くや梅の花

海かけし風に幡うち梅匂ふ

寝に上る鶏追ひ立つる梅の枝

梅白く藪にかくるる隣かな

棲とりつつ梅花の下を通りけり

足重き蒲団にこぼす梅花かな

紅梅 こうばい

紅梅や憂ひにも似て子を思ふ

紅梅に夢おそろしき夜も明くる

金縷梅　まんさく
鶯　三　うぐいす
下萌　したもえ
いぬふぐり　いぬふぐり
若布　三　わかめ

紅梅の散る時薬効きそめし
金縷梅や杣炭焼は祭顔
高らかに鶯啼けり杉林
鶯の下りて色濃し熔岩《らば》の磐
落葉松に高音鶯うしろ向き
下萌やのみのふすまも一すぢに
武蔵野のいぬのふぐりに富士荒るる
かく生きていぬのふぐりに逢着す
若布かき一丁出でて霞みけり

三月

三月　さんがつ

如月　きさらぎ

二日灸　ふつかきゅう

三月の雑誌の上の日影かな

三月の蝶々いまだ彩をなさず

如月の日向をありく教師哉

如月や鶺鴒黐《かえ》る防波堤

われと子と命尊し二日灸

二日灸のおのれが映る帯戸かな

二日灸唐硯唐墨そなはれり

二日灸ききたる肌をぬぎにけり

雛　ひな

土雛ありともなきあぎと哉

菓子を切る庖丁来たり雛の前

掛餅畳にとどく雛の宿

雪の戸に雛使の人馬かな

雛の日に二夜おくれて望の月

春の雪　三　はるのゆき

春雪の暫く降るや海の上

淡雪の中に来て居し電車かな

春の雪藪につもりて輝けり

春雪の解くるが如く卒業す

君がためなほ降りつむや春の雪

春雪に面あぐれば鷹が峯

春の雪木津の竹藪ぬらしけり

にはとこの三叉に積む春の雪

栗駒の丸き肩なる春の雪

弥陀ヶ原漾《ただよ》ふばかり春の雪

ひとり居に慣れてもわびし春吹雪

浅間なる煙が染むる春の雪

春の雪下りて噴煙北を指す

春雪や色濃き杣の雪眼鏡

春雪や神をいさめの赤き幡

淡雪に出でて鳴らすや寄せ太鼓
春の雪片々として人に着く

春の霰 [三] はるのあられ

雲よりも薄く春霰おきにけり

春の霜 [三] はるのしも

春霜に月山湯殿頭をあぐる
春霜に北上川を見むと行く
ひとところ春の霜咲く敷松葉
つかの間の春の霜置き浅間燃ゆ
春霜満地銀狐の餌はきざまる
春霜や神あそびます野は広く
藪刈れば春霜どつと来りけり

初雷　はつらい雨やみて初雷やみて夜明けたり
春雷 三　しゅんらい春雷や著莪が芽を吹く屋根の上
啓蟄　けいちつ地虫出で乾坤色をたがへけり
黎明やすでに地虫は天を翔け
蛇穴を出づ　へびあなをいず穴出でし蛇の光りてありきけり
東風 三　こちがうがうと一とき東風の渡る湖
春の山 三　はるのやま春山の上に顔出す湯治客
雪つけて飛騨の春山南向き
神を遷す一と平あり春の山
逃ぐるごと孤りし遊ぶ春の山

淋しさや春山を描き雲を添ふ

春の水　三　はるのみず

春水の来る音高き寝覚かな

春の水さして邑知潟見えそめぬ

春水の濁りを煽つ鯉の鰭

みなかみに人住み春水濁りけり

田螺　三　たにし

ぬか星に北斗かかるや遠田螺

蜆　三　しじみ

からからとはかる蜆に目覚めよし

駅頭の寝雪に蜆こぼしけり

春田　三　はるた

月出でて一枚の春田輝けり

熊笹の山の裾より春田路

春田水大浪あげて神渡る

尼の弟子春田に爪を落しけり

春田とほく頭巾まぶかに骨董屋

鳥帰る　とりかえる

鳥帰る黒部奥山崩れをり

帰る雁　かえるかり

老僧の夢の中なる帰雁かな

月に下り春雁声をかくし居り

春雁のおりんとしたる水かこれ

春雁のおりたる音をききにけり

かりがねのあまりに高く帰るなり

春雁の見えなくなりし山を下る

暖か 三 あたたか
雁が音のかへるばかりや韮の闇
鰯干す宮も藁屋も温かし
雪割 ゆきわり
雪割りの指揮の棒切雪に置く
雪を割る人に夜は更け明るけれ
雪を割る人にもつもり春の雪
午告ぐるサイレンの下雪を割る
炉塞 ろふさぎ
炉塞や一枝投げさす猫柳
炉塞いでしとね並べぬ宿直人《とのいびと》
炉塞いで人逍遥す挿木垣
春の炉 三 はるのろ
春の炉に足裏あぶるや杣が妻

やはらかき杣の子の足春の炉に

春炬燵《はるごたつ》 三

幼児の足さぐり得つ春炬燵

春外套《はるがいとう》 三

肩ひろく春外套を着けにけり

雉《きじ》 三

雉子啼き轍くひこむ裾野径

雉子啼くや月の輪のごと高嶺雪

雉子鳴くや大いなる空明けんとす

夕雉子なくやひらひら炉は燃ゆる

雉子鳴くや夕月させる加賀の山

鷽《うそ》 三

雪おとす樹々も静まり鷽渡る

燕《つばめ》 三

あぢさしの渡れる空のつばくらめ

春雨 三 はるさめ

燕のつぶやきを聞く瀑の下

草の家の簾になるるつばくらめ

この眠りこの目覚めありつばくらめ

つばくらめ飛び交ひ霜は花咲けり

沓掛のつばめ早起き朝菜摘み

珠洲の海かぎろひ燕ひるがへる

燕の運びし糸も白くして

ややありて妻も翔けゆくつばくらめ

石ころも雑魚と煮ゆるや春の雨

ひともとの椎にそそぐや春の雨

春雨や蜷這ひ上る庭の石

春雨や浪あげて居る虻が島

春雨は松に嘆きは人に棲む

春泥 三 しゅんでい

春泥や夕刊飛んで地に落ちず

春泥に汚れし竹の深みどり

春の泥あげたる垣に住まひけり

春泥をなげき来れり宮総代

ものの芽 もののめ

栂の芽や法衣さびたる浅間山

草の芽 くさのめ

愁ひ寄るふたりありけり名草の芽

耕 三 たがやし

遠き祖の墳墓のほとり耕しぬ

田打 ［三］　たうち

わが山の焼くるを見つつ打つ田かな

畑打 ［三］　はたうち

湖に煙上るや畑打つ

苗床　なえどこ

苗床やべうべうと鳴る富士颪

芋植う　いもうう

愛《あし》鷹《たか》をかくす端山に芋植うる

木の芽　このめ

木の芽かたし茫々として人の逝く

らふそくは黄色にもゆる木の芽風

木の芽の香燕々われに飜る

落葉松の珠がほぐれし去年の径

夜水汲む音とほくより木の芽の香

枸杞　くこ

くこ垣や海女が仮り寝の維ぎ舟

春鰯　三　はるいわし

椿　三　つばき

熊笹に鰯曇りのつづきけり

椿落つる我が死ぬ家の暗さかな

白椿咲けるが見ゆる竹の奥

竹林に椿折る人の声すなり

椿折る人の手見ゆる夕かな

流れ去る椿の臍の白きかな

大風に花のかくるる椿かな

舟過ぎし椿の下の早瀬哉

藪椿子供遊びて高きかな

春の泥かわきて椿咲き揃ふ

桶にさす椿の枝の沈み行く
白きあり紅きあり君が庭椿
神々の椿こぼるる能登の海
この藪の椿の色を忘れけり
温かき風雨に散れり白椿
苔に伏し地に伏し椿ちりにけり
藪をとく手に冷々と散る椿
子供きてむしる椿の匂ひけり
ちり果てて一もと暗しやぶ椿
高きより椿おつるや瑞泉寺

藪椿四方に向ひて花ざかり

西風強しべうべうとして椿泣く

東海の椿真紅に鰤来る

椿散つて真鶴岬に鰤来る

茎立 三 くくたち

茎立を括りし藁もうす緑

尼御前のかげの杓子菜花盛り

茎立にふりそそぐ雨の見ゆる哉

独活 うど

独活掘りの下り来て時刻をたづねけり

独活掘りが仰げばだまる椎の椋鳥

もやし独活折れ易くして価よし

独活折れし音とは知れりコック長

胡葱　あさつき

浅葱を綴りし藁の黄金色

韮　にら

韮の香に染みたる靴をぬぐ夕

韮粥や豆火に煮ゆる音たかく

白木峰の風が媚ぶるや韮の雨

韮踏むや雪解のひびき四方より

韮噛むや雪解はじまる白木峰

窓前に韮の闇あり奈良遠し

蒜　にんにく

二三本蕾向け合ふアイヌネギ

接木　つぎき

乾坤の間に接木法師かな

足音の迫るをきけり接木人

挿　木　　さしき

さし木すや八百万神見そなはす

青々と挿木の屑の掃かれけり

一鍬の田の土盗む挿木かな

苗木市　　なえぎいち

肉桂も五木の苗も藪にふせ

厩出し　　うまやだし

頂につらなる雪に厩出し

蓮如忌　　れんにょき

蓮如忌や笠にふせたる小買物

蓮如忌のあたたかき日を待つばかり

霞　三　　かすみ

われと居て霞に堪ふる浅間山

国原の霞の中に皇子の道

陽炎 三 かげろう
春陰 三 しゅんいん
踏青 三 とうせい
蓬 三 よもぎ

熔岩の瀬に径逡巡とかげろへり
春陰やしづくをたるる八つ手の葉
春陰や抜け羽舞ひ立つ羽根布団
我が思ふ孤峯顔出せ青を踏む
かばかりの寂しさと思ひ青を踏む
青を踏む人くぼみ行く大野哉
蓬もゆる去年の径あり魦《いさざ》簗
蓬摘み尾上にかかり能登蒼し
旅人のわれに目をこせ蓬摘み
恋ひこひし蓬つむ子の遠ざかる

倶利伽羅のかくるる畔の蓬つむ

古簾さげて城端蓬干す

蕨

わらび

蕨採りいこへば巌もくぼみけり

蕨採りいくたり石に吸はれけむ

奥山の径を横ぎる蕨とり

蕨採り雲に隠れて帰りこず

蕨とる人を眺むる巌の上

蕨とりこの径入りぬ我も行かな

ぐつたりと掌にまがりたる蕨哉

厨なる蕨の上に金指環

菫　〔三〕　すみれ

道も狭に耕馬の尻やすみれ花

山深くすみれの午となりにけり

やすらへば辺りの菫白妙に

苜蓿　〔三〕　うまごやし

風早し矢切渡のうまごやし

苜蓿匂ひ高まる瑞龍寺

虎杖　いたどり

馬の客おほいたどりに触れて行く

春蘭　しゅんらん

松の風春蘭花をあげにけり

黄水仙　きずいせん

道端の垣なき庭や黄水仙

黄水仙いつか曇りて暮れんとす

雉蓆　きじむしろ

一すぢの径を浅間へきじむしろ

三月尽《さんがつじん》　浪うてり三月尽くる隅田川

四月

弥生《やよい》　雨やんで空の緑や弥生尽

影濃ゆく子供の駆くる弥生かな

春の日 [三]《はるのひ》　高値言ふ臼の底さす春日かな

白雲の妬心にかくす春日かな

てり返す峰々の深雪に春日落つ

黄塵の中に傾く春日かな

日永 [三] ひなが

三度炊きて遅日まだある大寺哉

藪寺の苗木畑や遅日過ぐ

庭鳥は家根を歩きて日の遅き

無精卵とられし鶏の日永かな

春の空 [三] はるのそら

浅間燃え春天緑なるばかり

春の天浅間の煙お蚕のごと

春の雲 [三] はるのくも

春雲のかげを斑に浅間山

麗か [三] うららか

麗かや大荷をおろす附木売

出代 でがわり

出代りの来て居る広き厨かな

うつばりの傘はづし出代りぬ

山葵《わさび》

浅間山巽の水に山葵畑

芥菜《からしな》

茎立ててからし菜雄々し勇ましし

からし菜が濃緑に夜や明けぬらし

からし菜に直ぐ積りけり春の雪

からし菜や折りて揃へてかさ高し

草餅《くさもち》 三

草餅の色濃くかたく夜はふけぬ

蓬餅旅人雨に目ざめ居り

桜餅《さくらもち》 三

雨水は溝を走れり桜餅

三椏の花《みつまたのはな》

三椏や皆首垂れて花盛り

沈丁花《じんちょうげ》

横須賀に来り沈丁一陣の風

沈丁の闇をはなれて町に入る

杉の花《すぎのはな》

一すぢの春の日さしぬ杉の花

春昼 [三] 《しゅんちゅう》

春昼や古人のごとく雲を見る

春の暮 [三] 《はるのくれ》

水入れて棚田下るや春の夕

人ごみにもまれ別るる春の夕

落葉松に焚火こだます春の夕

奥山の枯葉しづまる春夕

雪つけし飛騨の国見ゆ春の夕

春の宵 [三] 《はるのよい》

額つりて小家賑はし春の宵

雪国にかへる汽車あり春の宵

春の宵噴煙の香を横ぎれり

春の宵北斗チクタク辷るなり

ひえびえと浅間がすわる春の宵

春宵の食事了れり観光団

切株の松脂ひかる春の宵

春灯　三　しゅんとう

只小さき句集二冊や春灯

餅売の春燭おきぬ梛のかげ

春の星　三　はるのほし

海山に春の星出て暗きかな

春星や女性浅間は夜も寝ねず

春の月　三　はるのつき

浅間山きげんよし春星数ふべく

春星を静かにつつむ噴煙か

乗鞍のかなた春星かぎりなし

青々と春星かかり雪崩れけり

大空に春の月あり樹々の影

風出でて傾きそめぬ春の月

春月や謡をうたふ僧と僧

春月や軒を交へし肥小屋

春の月さしこむ家に宿とりて

肥打つて棚田しづかや春の月

熊笹に虫とぶ春の月夜かな
春の月さしくるランプ濁りけり

朧月 三 おぼろづき

高らかに堰の戸開けぬ朧月
白山に十四日月おぼろなり

朧 三 おぼろ

薬園に伏樋のもるる朧かな
おぼろおぼろ水飲みに来し井の辺
俳諧を鬼神にかへす朧かな
接骨木の芽の揃ひたる朧かな
こぼれ菜の花出そろひしおぼろ哉
木津川にぬけでて水は朧なり

蝌蚪《かと》

花《はな》

靄こめて蝌蚪の国あり渉る

花を見し面を闇に打たせけり

花人帰りて夜の障子を開きけり

花遅く御室尼達のうす着かな

花散るや鼠渡りて暮るる石

花人のかへり来る星の真下かな

花の雨ふりて人来ぬ峠かな

花は飛び浅間は燃ゆる大月夜

花の雨北には伊吹かくしけむ

花蔭や伊勢路はじまる初瀬町

桜

さくら

花散つてゐる奥山の恐ろしき

花ちるや水底見ゆる氷見の浦

勝興寺花に明けゆく鐘をつく

花冷や汝が手袋も白くして

蔓かけて共に芽ぐみぬ山桜

ひんぷんと山ざくら散る元湯かな

厄祭浦々かけて遅桜

浅間なる幾沢かけて遅桜

雷とほし頭を垂るる八重桜

散りはてて恐ろしきかな古桜

花見《はなみ》

花見舟いれて枝川ふたぎけり

春の海《はるのうみ》 三

船上ぐる人の声かや春の海

春の海や暮れなんとする深緑

海女《あま》

海栗ありく月夜を海女はねむりこけ

汐干《しおひ》

絶壁のほろほろ落つる汐干かな

紺泥にふれて下るや潮干舟

たたまれし潮干がへりの緋毛氈

この国の島は色濃し汐干潟

多摩川の水を一筋汐干狩

海胆《うに》 三

大海原海栗のねむりに青々と

一人静　ひとりしずか　萌え出づるひとりしづかを此処彼処

一輪草　いちりんそう　瑠璃一華春の夕をとざし居り

なだれたる祇の径にも瑠璃一華

甘茶　あまちゃ　冷えて行く甘茶も淋し深山寺

囀 [三]　さえずり　柊の一枝ゆるがし囀れり

紺青の乗鞍の上に囀れり

さへづりや二筋はしる平湯径

鳥の巣 [三]　とりのす　無精卵あかず抱ける巣鶏かな

燕の巣　つばめのす　うつろなる燕の巣あり古壺のごと

仔馬 [三]　こうま　広々と径をゆづりぬ親子馬

竹の秋《たけのあき》

本堂に電燈つくや竹の秋

戸をしめる音高らかや竹の秋

外海の白波見ゆや竹の秋

竹の秋邑知の濁りに映りけり

大寺は海にかたむき竹枯るる

一むらの當麻の竹も秋なりし

御仏を見し眼に竹の枯るるなり

春光《しゅんこう》 [三]

春光や石にからまる枯茨

瀬頭に打込む春の光かな

春光や礁あらはに海揺るる

菜の花《なのはな》

菜の花の散るやわが世の夕間暮

越中の花菜はさかり雪は白し

畑打が残せば花菜散るばかり

大根の花《だいこんのはな》

飛鳥野の月下にむせぶ花大根

蝶《ちょう》 三

熊笹に移り行く蝶の羽かげかな

初蝶の吹かれ流るる家の内

蝶孵り水木は枝を重ねけり

飛鳥山きのふ孵りし蝶を見ず

吾妻の人と別れて蝶を追ふ

蝶孵り祇の大前よぎりけり

ひらひらと蝶孵り踏むべかりける
蝶たちて樹々の夜明けを渡りをり

春風《はるかぜ》 三

春風に松毬飛ぶや深山径

鞦韆《しゅうせん》 三

ふらここを掛けて遊ぶや神の森
鞦韆にしばし遊ぶや小商人

遍路《へんろ》 三

お遍路に四五日見ゆる紀伊の雪

春眠《しゅんみん》 三

二つめの夢に春眠破れけり

蜂《はち》 三

轟然とそらに還りぬ熊ん蜂
熊ん蜂どよもし飛べり紫苑の芽

子猫《こねこ》

猫の親屑茶の上を歩きけり

山吹

やまぶき

鳶烏闘ひ落ちぬ濃山吹

駒鳳凰山吹曇りつづきけり

山吹が遠くに見ゆる雨の縁

飛騨の瀧山吹さいて音高し

耕せる畑に垂れ来る濃山吹

奥山に山吹は褪せ初めにけり

山吹のまださかりなり又来たり

山吹の中の二日を春祭

山吹の一枝にかかる水勢かな

山吹や諏訪の工場の運動会

松の花

まつのはな

葉山吹古りし神々渡ります
山吹や昼をあざむく夜半の月
山吹の中に傾く万座径
山吹を折りかへしつつ耕せり
山吹や寝雪の上の飛騨の径
奥能登や山吹白く飯白し
ふるさとは目にも口にも松の花
布施谷の人はいそがし松の花
松の花いつしか積る客の靴
沖の巌二つ染めけり松の花

松の花しばらく遊ぶ海の上

一本の松の花あり山深く

葱坊主　ねぎぼうず

富士川の濁りの走る葱坊主

春菜　三　はるな

花さして春菜流るる熊木川

杉菜　すぎな

山靴をぬらす杉菜の露の玉

種俵　たねだわら

口とぢて打ち重なりつ種俵

種俵大口あけて陽炎へり

種俵浸けたる波に蛙ゐる

種俵あげたる飛騨の径かな

種俵つひに沈みぬ夕間暮

種井《たねい》

月さして種井の水の流れ居り

苗代《なわしろ》

苗田水堰かれて分かれ行きにけり

苗代や弥彦の神を現身に

鷹啼くや苗代かかゆる吉野山

花屑の大浪立つる苗代かな

月白くおのが苗代にまはり来ぬ

苗代水敷筵して滑りけり

水口に去年の石あり苗代田

ひしひしと苗代冷えして早寝哉

別れ霜《わかれじも》

眼前の百花にどつと別れ霜

茶摘《ちゃつみ》

別れ霜消えたる石の北面
老松の交はしたる根に春の霜
摘み捨てて雪の降り居る茶山哉
一群の唱和過ぎたる茶山哉
旅人の一人越え来し茶山かな
茶摘女の唄高らかに一ところ
茶山径石あらはれて皆丸し
茶山径下り来る人を仰ぎ見ぬ
笠入れてなほ大いなり茶摘籠
片側の茶垣つむこと許しけり

蚕《かいこ》

よく眠る御蚕に大幅懸りけり
捨蚕腹切石に上りけり
峰々に掃立雲の去来かな
鷹聞いてお蚕の一間の出入かな
旅人の腰かけて居る御蚕の宿
御蚕仕度斧の箱鞘うち鳴らし
鮎の瀬に漬けし蚕莚流しけり
鮎の瀬は遠音あぐるや御蚕仕度
雷鳴つて御蚕の眠りは始まれり

畦塗《あぜぬり》

畦塗りに幾つも鳴りぬ寺の鐘

畦塗るや聖牛角を正しをり

浅間こす夕日に追はれ畦をぬる

春深し《はるふかし》

春更けて諸鳥啼くや雲の上

蛙《かわず》 三

啼き立てて暁近き蛙かな

湖浅く馬車も渉るや蛙鳴く

夕蛙若布刈も聞いて居たりけり

渡御過ぎて代田蛙は啼き揃ふ

水させば蛙ゐるなり浅間の田

浅間山月夜蛙にねざめ勝ち

蛙なく入山村の捨て温泉かな

躑躅　つつじ

紅白のつつじ明けきし山路かな

折りてきし躑躅の色にあきにけり

柳絮　りゅうじょ

尾根を越す柳絮の風の見えにけり

ある時は柳絮に濁る山おろし

人に来て人に触れざる柳絮かな

ひとすぢの柳絮の流れ町を行く

春蝉　はるぜみ

春蝉や空に簾を捲き上ぐる

薊の花　あざみのはな

薊咲く堤上堤下松戸径

上に瀞下に瀬鳴りて薊踏む

藤　ふじ

藤たれて佐渡の国中うす曇り

藤花切りてわが枕辺を妻通る
藤花かけて雨風の夜のゆらぎけり
藤咲ける鬟も夜明くる浅間山
深山藤蔓うちかへし花盛り
深山藤風雨の夜明け遅々として
藤さげて大《おお》洞《ぼら》山のあらし哉
ふぢ白し尾越の声の遠ざかる
藤浪に雨かぜの夜の匂ひけり
砧石の落花の藤をうち払ふ
風澄むや落花にほそる深山ふぢ

行春《ゆくはる》

春尽きて山みな甲斐に走りけり
行く春や布施の丸山見て過ぐる
徂春や鳥が巣かける駐在所
行く春や旅人憩ふ栃のかげ
行春や大波立つる山の池
行く春や松葉顔うつ東大寺
行く春や苞の卵の目に寒く

暮の春《くれのはる》

野の果の海に浪立ち春暮るる

弥生尽《やよいじん》

反りかへる木の葉鰈や弥生尽
彩足らぬ蝶々出でて弥生尽

夏の部

五月

夏《なつ》 三

一箱の御蚕も調度や夏襖

京にきて食はんと思ふ夏菜かな

立夏《りっか》

夏空のいよいよ遠し鹿湯越

夏風や棚平らかに海士岬

夏に入るどこの板戸の鳴るなめり

佐渡人が灯し並めて夏は来ぬ

ばうばうと大和に夏の来る風か

五月　ごがつ

初夏　しょか

卯月　うづき

牡丹　ぼたん

五月風天うつ浪に三保の松

浜名湖や五月曇りに山並ぶ

チャボ黒し五月の風に高どまり

東京にぬれてかぶさる五月の夜

志雄の山五月ぐもりの下に濃く

鷺居るや簀垣暮れ行く初夏の風

萱の穂に卯月のひかりいつまでも

牡丹咲く氷見の郡の潮ぐもり

足垂蜂の潜りて舐むる牡丹かな

花ささぬ牡丹の茂り月にあり

牡丹切る鋏の音におどろけり
雨ためてどうと崩るる牡丹かな
花切りし牡丹の下に風通る
葉がくれて月に染まれる牡丹かな
大空に牡丹かざして祭すむ
一輪のおそき牡丹を海女がさす
朝市の菜屑をかづく牡丹かな
越後路や塀より高き牡丹木《ぼく》
當麻寺や嫋々として老牡丹
花了へし牡丹に何を思ふべき

牡丹ちつて心やすらふ椅子もなく
足に降る牡丹の露におどろきぬ
牡丹見て一人立つなる寂しさよ

袷　あわせ
袷着てあるけば椋鳥が囃しけり

余花　よか
余花散るや誰かわづらふ駐在所

葉桜　はざくら
葉桜や蓑きて通ふ湯治客
葉桜に永遠の曇りも楽しくて
老松の声葉桜の風となる

菖蒲葺く　しょうぶふく
河豚ばかり寄せくる風に菖蒲葺く

端午　たんご
風出でて端午の凧の揃ひけり

菖蒲　しょうぶ
幟　のぼり
粽　ちまき

新茶　しんちゃ
松蝉　まつぜみ
夏めく　なつめく

チャボの雛端午の風に歩き居り

万座より落せる水の白菖蒲

幟立ちぬ故郷ならぬ幾山河

木曽人や桧山嵐に粽煮く

木曽を出て朴葉粽は匂ひけり

能登を越す西風つよし粽煮く

粽煮く輪島はづれの風の宿

方丈の壺にあふるる新茶かな

香具山に聞きし松蝉な忘れそ

白牛庵のうれん掛けて夏めけり

薄暑《はくしょ》

河豚ばかりあがれる海の薄暑かな

胡瓜苗《きゅうりなえ》

ひげ振りて手輿に堪ふる胡瓜苗

祭《まつり》 三

祭過ぎぬ木を挽く響隣より

神輿きぬわが同胞が昇きもちて

田掻馬耳袋しぬ渡御の笛

渡御の笛朴の広葉に蛙乗る

障子入れて雨の祭の夜となりぬ

豊なる堆肥にゆるる祭の灯

鍋つけし野川を渉る祭客

奥四万の月にいつまで祭笛

祭笛四万の狭霧に人遊ぶ

四万川の瀬音にきそふ祭笛

椋鳥さわぐ樟も明るし祭の灯

大いなるバスの抜け来る祭かな

サーカスの雨漏りきこえ祭行く

湯あがりの帯前結び祭客

家小さく祭屛風の出入かな

夏祭飴溶くるまで客となり

安居 三　あんご

藪とけば安居詣りの声きこゆ

若楓　わかかえで

若楓根《ね》香《ごろ》へ一里遍路道

新樹《しんじゅ》

弥彦の鷹舞ひ出でて新樹澄む
新樹かげ朴の広葉は叩き合ふ
むく鳥のさわぎに堪ふる新樹かな

若葉《わかば》

筍の頭の見ゆる若葉かな
若葉して風雨にゆるるかの古枝
遠近に若葉さわぎて葬りけり
若葉して人に触るるや毒卯木
この池は菱とりの池菱若葉

柿若葉《かきわかば》

豪雨うつて去りたる柿の若葉かな

樟若葉《くすわかば》

妹山に珠なす楠の若葉かな

松落葉《まつおちば》

松葉掻く人のあめ牛鳴きにけり

夏蕨《なつわらび》

御陵道かげをさかんに夏蕨

筍《たけのこ》

笋の露落す音に来りけり
竹の子の頭にさすや竹の影
笋の二つ揃へる夜明けかな

蕗《ふき》

蕗畑厄神獅子の通りけり
裸子のかくるるばかり二番蕗
邑知人のゆきき隠るる蕗畑

甘藍《かんらん》

絵を描くもキャベツ作るも木隠れて

豌豆《えんどう》

月出でんとす花豌豆の匂ひけり

芍薬　しゃくやく
芍薬の蕾の玉の赤二つ
芍薬の蕾をゆする雨と風
芍薬の蕾うながす海の音
瑠璃草　るりそう
瑠璃草やしとしと曇る浅間山
毒卯木の花　どくうつぎのはな
もえあがる毒卯木あり浅間越
雛罌粟　ひなげし
咲きやんで雛罌粟雨に打たれ居り
罌粟坊主　けしぼうず
罌粟坊主雨を湛へてこぼしけり
白罌粟の花より高し罌粟坊主
桐の花　きりのはな
花桐や重ね伏せたる一位笠
郭公の翔りぬけたる桐の花

奥山に風こそ通へ桐の花

人来れば驚きおつる桐の花

花桐や越後の山に雪たまる

朴の花《ほおのはな》

長雨や寝起きに匂ふ朴の花

栃の花《とちのはな》

早乙女の一群すぎぬ栃の花

蝶をうつ栃の落花の幾すぢも

薔薇《ばら》

太白の薔薇ひらきて翳多し

利根川の夜明け高鳴り薔薇紅し

散り果てし薔薇の下の夕なる

茨の花《いばらのはな》

杖もつて花ざかりなる茨かな

野茨に鼻つき出しぬ近江牛
かつて見しかつて折りたる花茨

卯の花《うのはな》

顔入れて馬も涼しや花卯木

鯖 三《さば》

石採りの石を落すや鯖の海
鯖の海東海に似て石見ゆる
大浪の中に底見ゆ鯖の海
鯖寄るや日ねもす見ゆる七ツ岩

飛魚 三《とびうお》

飛魚をばたばたた呉れぬ鮪船
飛魚の入りて輝く鮪網

菜種刈《なたねがり》

誰れも来ず菜種の莢はきちきちと

麦　むぎ

麦の秋　むぎのあき

麦刈　むぎかり

麦打　むぎうち

雷雨駆け倶利伽羅の麦熟れんとす

乗り換へて麦の河内の野も尽きぬ

干麦の端より風の興りけり

一構へ染寺とこそ麦あらし

根こそぎの麦の束つむ遍路宿

鯖寄るやあけくれ黄ばむ能登の麦

麦刈りのほこり積れり月の宿

麦刈るや頂かしぐ讃岐富士

下野に常陸につづく麦埃

頬白の鳴く音消さるる麦叩

風上に當麻寺あり麦叩く

染寺の道をさへぎる麦埃

ひとすぢの風を彩る麦埃

麦の火に漂ひ暮るる讃岐富士

穀象 三 こくぞう

穀象が居るとて呉れし一袋

六月

花菖蒲　はなしょうぶ
渓蓀　あやめ
著莪　しゃが
短夜 三　みじかよ

白菖蒲丁々としてほごれけり
夜も昼も落ち行く水の花菖蒲
淋しさに手紙書くなり花あやめ
胡蝶花漂ふ藪を通りけり
霊泉にシャボンつかふや明易し
虞美人草のしきりに曲り明易し
明易や雲が渦まく駒ヶ岳
短夜の月出でんとす人の声

短夜や虫に這はする硯箱

旅人みな袴をぬぐや明易し

短夜や浅間をしぼる水の音

夢さめし顔冷々と明易し

明易く阿修羅に何が見えつらむ

中空に屋島平も明易し

花橘　はなたちばな

瀬戸の海花橘の香に曇る

石榴の花　ざくろのはな

倶利伽羅を再び越すや花柘榴

栗の花　くりのはな

むせかへる花栗の香を蝶くぐる

蓑笠に栗の花つけ繭売りに

飛騨蒼し花栗かをり繭匂ふ

花栗のさわぐも知らず立石寺

椎の花　しいのはな

椎の花散りて積りぬ小倉山

蝶あがる妹山椎の花ざかり

椎の香や落つるが如く蝶々たつ

楝の花　おうちのはな

あな淋し樗の花を我がくぐる

葵　あおい

白ばかり咲きてけうとや立葵

咲き上げて紅勝ちぬ立葵

青あせて葵の蕾残りけり

白葵大雨に咲きそめにけり

鈴蘭　すずらん鈴蘭を机の上に置いて来ぬ

瓜の花　うりのはな甘瓜の花があがるや藪頭

南瓜の花　かぼちゃのはな朝蝉をきいて閉ざすや花南瓜

入梅　にゅうばい大寺のうしろ明るき梅雨入かな

薬師立山しばらく見えし梅雨入哉

高原の温泉匂はず梅雨入月

金《こん》銅《どう》ををろがみし眸に梅雨入風

日もすがら木を伐る響梅雨の山

梅雨　つゆ雫してわれからぬれぬ梅雨の松

梅雨の川芦一本にまがりけり

門前の二本の柿や梅雨さわぐ

石あれば海女の墓なり梅雨の海

荒梅雨や杏子の笠に白百合に

梅雨寒う翼を染めぬ楓の実

梅雨寒し猫来て眠る本の上

梅雨の寺水汲む音のおどろおどろ

頂に鷺がとまりぬ梅雨の松

鵜が渡る岬の下の梅雨にごり

磐梯のうしろに並ぶ梅雨の山

安達太良の梅雨も仕舞や甘草花

尼乗りて梅雨うつ窓を閉ざしけり
梅雨寒や尼の肋骨数ふべう
落葉松にわたせる馬柵の梅雨汚れ
馬柵をして畑のものあり梅雨の山
つつましき足跡のあり梅雨の庭
梅雨の闇銀座の音に楽まじる
急行を出づれば梅雨の風が押す
肩をうつ上野の駅の梅雨の洩り
筬を入れて梅雨の濁りの矢の如し
大幹をうち重ね居り梅雨の松

荒梅雨や何の木の実か空走る

白樺を横たふる火に梅雨の風

梅雨ごもる鳥は色音の揃ひけり

洪水ひきし高原川に梅雨の瀧

御蚕せはし梅雨の星出て居たりけり

奥飛騨や楠ひともとに梅雨荒るる

梅雨ながし静かに燃ゆる白樺

梅雨寒やみづならの葉を吹き返し

荒梅雨に鶯啼けりひめこまつ

伐木のひびき日ねもす梅雨の山

地に下りし蔦の新芽に梅雨さわぐ

梅雨の松百億劫も雫して

杉の芽のあかるき梅雨の夕かな

青山に遠山かさね梅雨晴るる

梅雨鳥の籠りてゆるる翠微かな

梅雨の海静かに岩をぬらしけり

えご採りの漕ぎて散らばる梅雨の海

鵜は下りて梅雨の濁りに浮びけり

荒梅雨や山家の煙這ひまはる

奥能登や浦々かけて梅雨の瀧

梅雨寒し銅《かね》の仏も木の鬼も
染寺を出づれば騒ぐ梅雨の情
荒梅雨や葛西葛飾かなめ垣
吹きあがる蝶の行方も梅雨ぐもり
荒梅雨に立たす接骨木観世音
接骨木のほとりの梅雨の草猛し
接骨木を煎じこんこんと梅雨に眠る
荒梅雨や東京遠きつばくらめ
梅雨鳥の鋭声にふるふ檜山かな
梅雨雲をおりたる鷺の歩み去る

ひとときをたかぶる梅雨に鷺渡る

逢ひがたき遠国に来て梅雨入寒

韃靼の方は青空梅雨の海

梅雨仏一指に印を結び居り

菱の座の散らばつて居る梅雨の水

終に別るる旅とは言へど梅雨寒し

荒梅雨や役者も遊ぶ古本屋

五月雨　さみだれ

傘さして港内漕ぐや五月雨

五月雨や枕の下にとほき海

空梅雨　からつゆ

空つゆの木蔭色こし丹生の里

五月闇　さつきやみ

梅雨茸　つゆだけ

黴　かび

蟹 [三]　かに

蟇 [三]　ひきがえる

人の面を流るる涙五月闇

大黄の広葉にたまる五月闇

蠣殻の浦々かけて五月闇

起き伏しに梅雨の木の子の親しけれ

黴の宿茨の凪にあけ放ち

浅間山蟹棲む水の滴れり

蟹のぼる桑の老木のたまり水

虎杖の大葉がくれに蟇の闇

蟇闇に入りて山々午後のかげ

越中の道細々と蟇の恋

雨蛙　三　あまがえる

藤の芽を撓めて落ちぬ雨蛙

鳴き交うて背中合せや雨蛙

桑の実　くわのみ

桑の実を馬上の人も摘みにけり

実梅　みうめ

青梅も拾はで雨の板戸かな

夏大根　三　なつだいこん

夏大根親子雀のくぐりけり

枇杷　びわ

枇杷の実のとりつくされし濃き茂り

出る程の種をこぼして枇杷甘し

楊梅　やまもも

山桃の日蔭と知らで通りけり

燕の子　つばめのこ

燕の子鴟尾の夕日に声のあり

巣の縁を母にゆづらず燕の子

早苗　さなえ

夕闇や鵜坂の川べ苗ながす
みなかみも苗捨つるらし鵜坂川
余り苗吐く枝川に舟入るる
苗束のかたむき走る月の瀞
珠洲人やしぶきをあげて苗投ぐる
珠洲人の苗籠のあり捨つるごと
なげ苗の落つる所の空裂ける

代掻く　しろかく

代馬や又廻り来し草の門
代馬の一枚掻いて帰りけり
代馬の静かに歩む飛沫かな

代田《しろた》
田植《たうえ》

代馬やたてがみつんで機嫌よし
代馬の鈴の鳴り居る山田かな
田掻馬洗ひて草鞋はかせけり
田掻牛顔をのばして曳かれ居り
掻き了へし鎌原の田の月夜かな
大浪の底に芽吹ける代田かな
緑児の眼あけて居るや田植雲
かみの田を輝き落ちぬ田植水
田植水宇治に落して流しけり
旅人が笠を取らるる田植風

田植雲きたりて山に懸りけり
陸中の田植を見たり帰らなむ
颪おちて静かなる田植月夜かな
蹄鉄かへて馬があるけり田植風
おけさ丸田植濁りをはなれけり
国中や田植鳥来て飛びまはり
田植月弥彦の陰をわれは行く
よしきりの雛も逆らふ田植風
海を押す田植濁りは音もなし
葛飾や田植濁りに二渡

棹させば田植濁りは尺ばかり

逆らふなく大河まがれり田植風

浅間なる照り降りきびし田植笠

ぬけ出でて蛙のあがる田植笠

田植水あふれて能登の崩れけり

田植雲漂ひ消ゆる珠洲の海

白鷺にあなどられつつ深田植

田植風吹くや鴉の羽づくろひ

早乙女の髪に食ひこむ小櫛かな

独り植ゑひとり上がれる深田かな

早乙女《さおとめ》

植田《うえた》

早苗饗　さなぶり

田祭や深き茶碗にあづき飯

田祭や草木を渡るあゆの風

田祭や牛は寝ころぶ道の草

誘蛾灯　ゆうがとう

誘蛾灯弥彦は黒く浪をうつ

蛾 [三]　が

顔見せて裏がへしなる大蛾かな

大蛾舞ひし夜も遠ざかる軽井沢

うらがへし又うらがへし大蛾掃く

舞ひ果てて旅着におつる大蛾かな

大蛾きし障子の外の浅間の夜

舞ひ果てて大蛾の帰る闇夜かな

夜はふかし翩翻として大蛾の舞

蛍 三 ほたる

人殺す我かも知らず飛ぶ蛍

海鳴つて蛍は草に沈みけり

開け放つ温泉戸の暗さや蛍来る

軒深く蛍吹かるる嵐かな

故郷はいづこ月下に蛍追ふ

一つ蛍通りて夜も果てんとす

この闇に弥彦は据わる蛍かな

蛍狩 三 ほたるがり

町を出てみな高声や蛍狩

萍 三 うきくさ

萍に膏雨底なく湛へけり

水草の花 三　みずくさのはな

萍に伊吹見出でて雨上がる
草の根にさはりて廻る田字草
堰の扉の水草かけて揚りけり

菱の花　ひしのはな

真間の江に一座の菱は流れけり
菱の江に手古名語りも古りにけり

夏の川 三　なつのかわ

夏川に沈める岩を皆知れり

鮎 三　あゆ

鮎つりが焚火あぐるや神通峡
四方の山うす曇りして鮎解禁
鮎舟の流れじとする錨綱
鮎舟の煙出し小さく炊ぎ居り

鵜飼 [三] うかい

夜振 [三] よぶり

青芒 [三] あおすすき

真菰 [三] まこも

葭切 [三] よしきり

鮎焼けて言葉少なく山高し

鮎こがす炭火のほとり暗くして

暗き瀬に帰りきたれる鵜舟かな

鵜篝を消せば長良の瀬音かな

杖立てて鵜川をわたる笠の雨

わが国の山河をてらす夜振かな

佐渡人の後より延ぶる青芒

わが行けば真菰がさわぐ葛西径

葉を落す竹に上るや行々子

夜明くれば葭切近き宿なりし

山頂に葭切嗤ふ水のあり

蜘蛛 三 くも

主人去つて蜘蛛のいとなみ静かなり

羽蟻 三 はあり

羽蟻発つ遍照光を我も行く

一すぢの光り坤より羽蟻発つ

一時をたかぶりありく羽蟻かな

大いなる翅を傾け羽蟻行く

翅出来て羽蟻悦び踉け居り

たかぶりの去りたる羽蟻翔けんとす

羽蟻たつ時あめつちの震ひけり

蚊帳 三 かや

蚊帳たれて山の気となる樵夫かな

蚊遣火　[三]　かやりび
蝙蝠　[三]　こうもり
葉柳　[三]　はやなぎ
青嵐　[三]　あおあらし

蚊帳つれば瓢しづかなる在所
まざまざと夢をつづけぬ月の蚊帳
蚊帳つりて金比羅船は舫ひ合ふ
信者来てねぎらひ行くや蚊火の宿
蚊喰鳥多度津の町に汐さし来
足袋白く車を下りぬ夏柳
青あらし天守に登る草履あり
猫ありく八つ手の下も青嵐
滞船のひしめき搏つや青あらし
青あらし當麻の塔も色あせぬ

耕牛の突き出す鼻に青あらし

白峰に水一筋や青あらし

夏至　げし

夏至鳥や啼くにも倦んで枝うつり

老鶯　[三]　おいうぐいす

鬼ヶ城夏鶯の遠音して

老鶯に目覚めし佐渡に音もなく

時鳥　[三]　ほととぎす

坑口や昼ほととぎす木魂して

浅間田の月夜を騒ぐほととぎす

閑古鳥　[三]　かんこどり

閑古鳥昨日の楡に来て居たり

門入れば直ぐ閑古鳥居る木あり

郭公の啼き啼き来たり止りけり

郭公の啼きしと思ふ栗生の山

慈悲心鳥［三］　じひしんちょう

慈悲心鳥おのが木魂に隠れけり

落葉松に慈悲心啼けり白根の尾

夏木立［三］　なつこだち

林道を閉ざす夏木を倒しけり

緑蔭［三］　りょくいん

寂寞と木かげに還る人と犬

木下闇［三］　こしたやみ

人の居て葛の葉ゆれぬ木下闇

豁然と開く扇や木下闇

青葉［三］　あおば

僧が買ふ鰡の敷きたる笹青し

夏蚕　なつご

吹き上ぐる峡の嵐に夏蚕覚む

夏の蝶［三］　なつのちょう

夏山を揚れる蝶の谷を越ゆ

梅雨の蝶たかく揚りて風に逢ふ
馬の子のかぎたる草に梅雨の蝶
クレバスに入るよと見えし蝶々かな
夏蝶や古江浪立ちたぶの蔭
草原を横ぎる顔に梅雨の蝶
梅雨の蝶おのおの色をたがへけり
灯を消せば匂ひ高まる梅雨の蝶

夏草 三 なつくさ

夏草を搏ちては消ゆる嵐哉
夏草を刈り伏せ刈り伏せ人動く
夏草を刈りに上るや国境

夏草を毟るトマトのほとりかな

湖に夏草を刈り落しけり

夏草に温泉宿はかくれけり

青草を踏みて過ぎたる人の足袋

梅雨草の花の中なる平湯径

草刈《くさかり》 三

草刈が入りてかへらず登山径

藪刈りて薬師寺の塔そこに立つ

藪刈りて隠田径に落しけり

奥山の草爽やかに刈られけり

昼顔《ひるがお》

ひる顔や利根一曲り一郡

ひるがほを踏みて眺めぬ塩屋崎
ひるがほや越後の海の底見ゆる
ひるがほの平沙に立たせ気多の神

蛇《へび》 三

境内に蛇這ふや旱風

蛇の衣《へびのきぬ》

蛇の衣奥田の宿に脱がれけり

蝮蛇《まむし》 三

夜の底の草の底なる蝮かな
蝮打つて蚕飼せはしき母に帰る
蝮打つて能登のほそ径北を指す
蝮捨てに出でて福浦に顔うつる

蓼《たで》 三

蓼の宿遠泳過ぎて静かなり

莧《ひゆ》 三

莧の花別れの荷物置きにけり

別るるや莧の花さえ目に炎えて

若竹《わかたけ》

若竹に風雨駆けるや庭の奥

今年竹あたりを払ふ音なりし

若竹や裏二上は雲を籠め

富士見えて筍人をぬきんづる

竹落葉《たけおちば》

魚跳んで矢竹しづかに葉をおとす

黎明の近づく竹の散りやまず

底見えて能登の浦曲の竹枯るる

竹枯るる初瀬の町の月夜かな

島々をかくせる竹の落葉して

雹　三　ひょう

雹いたし山姥の子は家にかへる

羽脱鳥　はぬけどり

羽抜鳥高き巌に上りけり

羽抜鶏押し合ひ告ぐる東天紅

水鶏　三　くいな

水鶏なく宿に眠れる蕩児かな

昼水鶏干さるる沼に来て居たり

鯵刺　三　あじさし

射水郡あぢさし飛んで曇りけり

五月晴　さつきばれ

蝶来るや梅雨の晴間の五葉松

梅雨晴や樹を折り遊ぶ女学生

梅雨晴や鵜の渡りゐる輪島崎

梅雨晴や北斗の下の能登に入る

當麻寺の沓形黒く梅雨に晴れ

梅雨晴や夕日とどける水の底

夏服 三 なつふく

夏服もなく横浜に客となる

夏羽織 三 なつばおり

鯨捕り黒き腕に夏羽織

夏帽子 三 なつぼうし

先哲の墓に詣るや夏帽子

青簾 三 あおすだれ

あけくれに糸のからまる古簾

籐椅子 三 とういす

籐椅子の一すぢ弾ぜて山河古る

富士の雪解 ふじのゆきげ

片富士の雪解や馬に強薬

七月

水無月　みなづき

神の森水無月風に槲落葉

水無月や滞船ゆるる神代《かくみ》川

吹きぬけの水無月風に粽煮く

百合　ゆり

笹百合を折り来し人の京言葉

此の宿や笹百合の香をいつまでも

帰らめと目覚むる夜半の百合匂ふ

月見草　つきみそう

月見草萎れし門に帰省せり

能登曇り十六宵草の露しとど

月見草白沙を神の御前まで

月見草大輪能登の夜をありく

月出でてかくかく照らす月見草

合歓の花《ねむのはな》

合歓咲くや此処より飛騨の馬糞道

神通の濁りうづまき合歓垂るる

梅雨明《つゆあけ》

葛少し芒にからみ梅雨あがる

梅雨明けて奥の山より一つ蝉

えご採りの蓑着てありくあがり梅雨

早蝉の絶え入るばかり梅雨上がる

あがり梅雨白根の草場浪うてり

雲の峰　［三］　くものみね

雲の峰くづるるばかり誰も来ず

雷　［三］　かみなり

雷の遠ざかり行く石明り

尼寺にうつる雷火の濃紫

夕立　［三］　ゆうだち

菱刈りの面を叩く夕立かな

むらむらと雀が通る夕立晴

夕立のにごり一すぢ神通峡

夕立をきいて居るなり炭木樵

夏霧　［三］　なつぎり

夏霧や四つ手かぶさる夏井川

夏座敷　［三］　なつざしき

箱の如き庭下駄のあり夏座敷

夏炉　［三］　なつろ

夏火鉢膝頭より大いなり

団扇　三　うちわ

朝顔を煽ぎて遊ぶ団扇かな

神棚の下の帳場に古団扇

日除　三　ひよけ

日除して青田に沈む小家かな

舟よりも大いなる日除漕ぎ行けり

昨日より日除をしたり農学校

道をしへ　三　みちおしえ

斑猫の王が交りて山しづか

道をしへ藤原岳も遠ざかる

斑猫は美しきかな死してなほ

毛虫　三　けむし

教会の桜の毛虫焼かれけり

美しき毛虫を掃くや山の寺

夏の山　〔三〕　なつのやま

毛虫焼く人の見ゆるや庭の奥

毛虫居たり竹の手すりの仮本堂

振りかへり毛虫は人を疑へり

寝しづまる桜毛虫や月青し

夏山や二階なりける杣の宿

夏山や二三枚の田を頂に

おけさ丸探照灯を夏山へ

夏山や吊橋かけて飛騨に入る

夏山や鯖の海より色濃くて

城端や夏山に入る径ばかり

富士詣　ふじもうで

峰入　[三]　みねいり

瀧　[三]　たき

清水　[三]　しみず

涼し　[三]　すずし

濛雨晴れて色濃き富士へ道者哉

下り来たる峰入りの背の夏の天

峰入りの渡りて岩の滴れり

瀧見帰り又かの鳥を見たりけり

ひでり瀧尾上にかかり神通峡

瀧つぼの渦にうたたる臍下かな

踊り子の踏めば玉吐く沢清水

旅人にやがて淋しき清水かな

麦飯をぼろぼろ食ひて涼しけれ

涼しさや句稿の上の薬瓶

帷子　かたびら
羅　うすもの
浴衣　[三]　ゆかた
汗　[三]　あせ
油団　[三]　ゆとん
納涼　すずみ

端居　[三]　はしい

めでたしと言ふ言葉さへ涼しくて
朝陰に別るる人か黄帷子
羅に人肌見えて尊けれ
浴衣着て帯胸高や弱法師
大日にすがる女人の汗かをる
蚊の落つる音の嬉しき油団哉
好者の羽織飛ばせし涼みかな
岩と波語らふを聞く涼み船
足置けば月も色添ふ涼み石
ゆふべ見し人また端居して居たり

相見つる時とつながる端居かな

なにかにと怒りをゆるし端居かな

打水　三　うちみず

立山のかぶさる町や水を打つ

能登人や言葉少なに水を打つ

水うつやはらりはらりと柏の葉

鶏ののぼれる松も水をうつ

行水　ぎょうずい

行水の背なかに人の来りけり

夏の夜　三　なつのよ

美しき畳の上の夏の宵

夏蜜柑　三　なつみかん

夏蜜柑肩にあたるをもがんとす

早桃　さもも

早桃噛んで能登の入江を渡りけり

手中にみどり褪せ行く早桃かな

大いなる一つは葉付き早桃かな

砂糖水　三　さとうみず

白砂糖とけたる水を分かちけり

甘酒　三　あまざけ

つづけざま煮え玉あげて一夜酒

麨　三　はったい

麨を吹き飛ばしたる畳かな

冷奴　三　ひややっこ

冷奴くづれて雲は岫《みね》を出づ

氷餅　三　こおりもち

氷餅畳に置けば風起こる

鮓　三　すし

鮓なるる頃不参の返事二三通

鮓の石金輪際に据ゑにけり

夏料理　三　なつりょうり

杉箸を染むるはなにか夏料理

寂寞と一汁あつし夏料理
夏料理ほほけ防風反りを打つ

金魚《きんぎょ》 三

金魚居てしづかに病いゆるかな

水中花《すいちゅうか》 三

月さすや沈みてありし水中花
酒中花や石に捨てられ乾きけり

氷室《ひむろ》 三

氷室守出て来て径を教へけり
氷室までばうばうとしてえのきぐさ
氷室守清き草履のうらを干す

晒井《さらしい》 三

天日のくるりくるりと井戸浚ひ
晒井の水を童女は渡り行く

井浚ひの始まる萩を束ねけり

浚井の雫を遠く更けにけり

日盛《ひざかり》

日盛や門前に打つ箔砧

昼寝《ひるね》 三

松の木に庭師来て居り昼寝覚

山伏の面くづさぬ昼寝かな

昼寝覚め當麻の塔は物言はず

憂ひある身をうち伏せて昼寝かな

旅僧の夢に泣き居る昼寝かな

かつ嘆きかつ昼寝する枕かな

片蔭《かたかげ》

苗売に日蔭をのこすアスファルト

夕焼　ゆうやけ
極暑　ごくしょ
旱　[三]　ひでり
喜雨　[三]　きう
夏の雨　[三]　なつのあめ
蝉　[三]　せみ

昼風呂に小野子《おのこ》山の片頬夕焼けて
飈《ひょう》々《ひょう》と三伏の野に凧あがる
西空にうつるもののなき大暑かな
しらじらと明けて影濃し旱雲
大和路や一峰立つる旱雲
草籠をつらぬく喜雨に歩きけり
佐渡人の菜種《なたね》油の灯かや夏の雨
油蝉朴にうつりて鳴かざりき
蝉とほく黒部の奥の水痩せぬ
暁の蝉がきこゆる岬かな

果てしなき西の空より一つ蝉
遠ざかる夕立見えて蝉興る
蝉青く身をうちつけぬ恋か死か

空蝉 三 うつせみ

空蝉のふんばつて居て壊れけり
蚊帳はづす手を空蝉に刺されけり

裸 はだか

裸子や蚕飼ひの母の腹に背に

夏の海 三 なつのうみ

相川の町は傾く夏の海
一筋の鉱山の濁りや夏の海
石伐りのたがね研す夏の海

船遊 三 ふなあそび

舟《しゅう》遊《ゆう》の下りつくせし早瀬かな

泳ぎ

およぎ

舟遊び青海苔厚き礁によせ

遊船の纜海をあがり来る

遊び舟しばし真葛に維ぎけり

潮蒼く人流れじと泳ぎけり

泳ぎ子の走りし径ぬれにけり

泳ぎきて閑かなりけり沖の岩

泳ぎ子の去んだる岩の沈みけり

泳ぎ児や潟の濁りに声あげて

浮び出でし泳ぎ児がきく蝉遠し

泳ぎ児のあがれば蒼し長良川

海月 [三] くらげ

紙魚 しみ

梅干 うめぼし

土用波 どようなみ

土用芽 どようめ

梅酒 ばいしゅ

掛香 [三] かけこう

暑気中り しょきあたり

夏痩 [三] なつやせ

伊豆高し海月静かに渡りけり

紙魚逃げてかくるる本も無かりけり

梅干すや今はつかはぬ料理皿

土用浪能登をかしげて通りけり

蝶々の柵の夏芽に揚がり行く

梅酒に身を横たふる松の風

風にきき立居にきくや薫衣香

黒糯子の帯をぐるぐる暑気あたり

夏痩の人の面見るかがり哉

椰子のかげ暑さに負けし身を入るる

コレラ 三 これら

夏痩に東洋画論重たけれ

和蘭の船が去んでもコレラかな

カピタンに思はれて死ぬコレラかな

霍乱 三 かくらん

霍乱やすでにさめたる刺青師

霍乱の手にはなたざる手綱かな

滑莧 三 すべりひゆ

淋しさや花さへあぐる滑莧

滑莧別れに堪へて尚青し

糸瓜の花 へちまのはな

新月や落ちつくしたる花へちま

睡蓮 すいれん

鯉魚の水睡蓮の水鏡なす

茗荷の子 みょうがのこ

秋吉や明け暮れ匂ふ茗荷汁

煮えあがる月の竈の茗荷汁

干瓢乾す《かんぴょうほす》

海苔巻の干瓢ほんもの月白し

形代《かたしろ》

形代にわが名を書きて恐ろしき

向日葵《ひまわり》

向日葵の月に遊ぶや漁師達

玫瑰《はまなす》

玫瑰や能登の目覚めに潮匂ふ
玫瑰の古江細江に加賀言葉

竹煮草《たけにぐさ》

たけに草下葉の折れてたけ高し
馬飼も馬柵して住めり竹煮草
馬柵くぐる面にさはる竹煮草

藪柑子の花《やぶこうじのはな》

深見草いそしむ鍛冶の黒煙

二花付けてわびしや鍛冶が深見草

花魁草《おいらんそう》

丈高き花魁草も踊りけり

麻《あさ》 [三]

麻ひたす其処より濁る沢の水

病葉《わくらば》 [三]

病葉の散るとてかへる山家かな

病葉や石にも地にも去年のやう

病葉の玉巻き飛ぶや海の上

病葉や颪通ひゐる瑞泉寺

秋の部

八月

秋　三　あき

木に湧いて木にかへりけり秋雀

秋白し旅人の木に旅果つる

鍋釜に秋もさなかの光りかな

上毛の三山あひうつ秋しづか

編みかへす海女の毛糸に秋白し

立秋　りっしゅう

今朝秋や蜘蛛が巣かけし肥柄杓

秋や来る終に淋しさにも慣れず

秋の芽　あきのめ

七夕　たなばた

天の川 三　あまのがわ

迎火　むかえび

灯籠　とうろう

奈良の町芹の秋芽はたけにけり

秋芽して身をひるがへす銀柳

顔あげよ七夕星もあらはるる

七夕や五峰そろへる医王山

七夕や男も髪に油して

秋吉に犬吠えて居り天の川

迎火や湯女の一焚き色そふる

迎火のひとときこがす芦荻かな

切籠よりあかり小さし法華寺

油じみつけてたかぶる切籠の尾

踊《おどり》

音頭取り老いて櫓を下りけり
白足袋の遠ざかり行く踊かな
踊見る色傘しづむをかぼ畑
三輪山のこだまをかへす踊かな

花火《はなび》

月代に消え行く仕掛花火かな
花火船かへり来れり鰡の暗
花火殻落ちて浮べり鰡の暗

蜩《ひぐらし》 三

日ぐらしに一片の雲岩手山
蜩や身を横たふる古畳
昼見れば蜩鳴けり長良川

秋の蝉　三　あきのせみ

秋蝉と小矢部の瀬鳴り遠くより

残暑　ざんしょ

故郷の残暑に帰りきたりしか

新涼　しんりょう

新涼や豆腐驚く唐辛子

稲妻　三　いなずま

稲光り秋の祭りが来るちふ

稲妻を嗅ぐ鼻上ぐる箱兎

鳳仙花　ほうせんか

山寺の局造りや鳳仙花

鳳仙花散るや地上の夕間暮

鳳仙花昨日の如く散りてあり

忘られて尚さかりなり鳳仙花

西瓜　すいか

西瓜食ふやはらりはらりと種を吐く

小豆　あずき
一つ盆に西瓜すすれる師弟かな
鎌倉の谷々に干す小豆かな
新渋　しんしぶ
年とりてなほ新渋を搗きにけり
渋取 [三]　しぶとり
渋を搗く灯火たかくうす闇く
茗荷の花　みょうがのはな
親子して一握りづつ花茗荷
赤のまんま　あかのまんま
多摩の児の泣く声高し赤まんま
水引の花　みずひきのはな
水引や人かかれ行く瀧の怪我
真盛りの水引を打つ大雨かな
懸煙草 [三]　かけたばこ
昼顔の花を外して烟草引く
三日月の頃よりかけし煙草かな

九月

二百十日《にひゃくとおか》

台風《たいふう》

野分《のわき》

雲いろいろ彩る二百十日かな

工女帰る厄日の虫を追ひながら

台風の通りし空は萌黄色

深川や台風の波ひたひたと

葛籠なる小袖思ふや野分の夜

野分すんで静かに残る硯かな

苔付けて石も吹かるる野分かな

静かにも木の葉はりつく野分かな

秋出水　あきでみず

三日月　みかづき

秋の夜　三　あきのよ

夜長　三　よなが

秋出水乾かんとして花赤し

秋出水高く残りし鏡かな

秋出水濁して渉る壮夫かな

三日月や水落ちつくす磧の温泉

秋の夜を灯さぬ鮎の名所かな

大蛾舞ひ小蛾しづまる秋の宵

らんらんと秋の夜告ぐる古時計

夜長人耶蘇をけなして帰りけり

水上に薄雪おりて夜長なる

長き夜や煤け階下を下り来る子

秋の灯　三　あきのひ
花野　三　はなの
秋草　三　あきくさ

糸瓜かけて夜々の夜長に堪へにけり

祭子の装ひなりぬ秋灯下

秋灯下海女がたしなむ蝮酒

風出でて人を押しゆく花野かな

靴にふるる秋の千草は実を鳴らす

黒部川千草は堅き果をつけし

ひとところ八千草刈るや浅間山

大和なる千種の錦しきて座す

大和なる千種をありく今日ありて

ふみて来し千種の径の夕日影

七草 〔三〕 ななくさ

芒 〔三〕 すすき

桔梗 ききょう

葛 〔三〕 くず

指太く秋草の花揃へけり

汐さして葛撫子の勢ひけり

糸芒五穀蔵して倉低し

鎌倉の寺々かこむ芒かな

燈台の灯かげ過ぎたる芒山

駆け下りて行く子見ゆるや花芒

花芒平湯の径にかぶされり

立山の雨にほごるる芒かな

桔梗や一群過ぎし手長蝦

葛の葉や飆るとき音もなし

葛の花　くずのはな

萩　はぎ

露 三　つゆ

葛かけて黒部の端山そそり立つ

葛の花龍女が渕に径古りぬ

萩の実を三四合ほど掃きよせぬ

露乾かで山茶屋ありぬ十一時

大露に野の神ぬれて在しけり

我が児より大いなる犬露野行く

枯色の罌粟の下葉に露やどる

白露やあかざ倒るる草の上

朝露の流るる草を廻りけり

水上に置きたる露の流れけり

露とけて韋駄天走り葡萄蔓
淙々と野草を走る露の声
露ちるや祭すみたる神の草
しづかさや露は五色に駆け下りる
爪切りし足にはらはら草の露
唖々となく鴉に明くる露の夜
白露来野山をわたる藁草履
茗荷掘る顔をぬらして露走る
山人の灯に砕くるや露の山
白露来百草のあゆみ止まれり

虫　三　むし

一すぢの珠を走らす露の山
百草の露おどろかす獅子の笛
薬草におりたる露のこぼれけり
大露やラジオ四方より唄ひかけ
灯籠の油の上の露の玉
畔豆の黄葉をさそふ露白し
盗人とならで過ぎけり虫の門
虫なくや我れと湯を呑む影法師
虫鳴くや向ひ合ひたる寺の門
虫来ぬと合点して居る読書かな

蟋蟀 [三] こおろぎ

商人が閉ざせば高し虫の声

残るもの我に飛び来る野路の虫

昼となく夜となく虫の来る障子

踊り子の揃ふ飼屋の虫の声

吾妻の夜は虫絶えて水枯れて

明月のとどかぬ虫の高音かな

脚折れて居どころ変ふる夜の虫

大巌のぬくもりに居て虫高音

厠遠しかの蟀の高調子

蟀のあまりの高音に目ざめけり

蜱の脚のこぼるる蚊帳たたむ

蜱のいつまでも生き髭達者

抽斗の蜱の皃《かお》久しぶり

蜱の白粉に染み跳びありく

洪水退いて蟋蟀鳴けり平等院

蟋蟀が鳴くとてものを言はざりき

螽蟖　［三］　きりぎりす

きりぎりす鳴くや千種の花ざかり

蓑虫　［三］　みのむし

蓑虫をおどろかしたる浪速の灯

蓑虫は隠れ得たりと思ひけり

蟷螂　［三］　とうろう

いぼむしり黄菊に上り来りけり

いぼむしり枯れし芙蓉を降りんとす

蟷螂の怒りて草を落ちにけり

放屁虫 [三] へひりむし

浴泉の手拭の上に屁こき虫

秋蚕 あきご

簗騒や秋蚕のめざめ児の寝ざめ

祭来て眠りの深き秋蚕かな

秋桑 [三] あきくわ

秋桑の月にてらてら鮎の里

秋の潮 [三] あきのしお

深川の石垣古りぬ秋の汐

月 [三] つき

いづこより月のさし居る葎哉

月の人動く川尻の家居かな

大空に蜘蛛のかかれる月夜哉

枯松の頂白き月夜かな
二三人木の間はなるる月夜かな
牛岳の雲吐きやまぬ月夜哉
人去んで我れ笛に還る月夜かな
鶏頭に飛ぶこと迅し月夜雲
吹き下ろす風にしばらく月夜かな
叢雲に月あをあをと隠れ行く
月の暈あらはるる頃帰り舟
門内に遊ぶ月夜の獣かな
清洲橋秋日ほてりに七日月

水上を埋めし雲に月かかる
月照るや薙の稗畑まさやけく
月照るや雲のかかれる四方の山
稗の月母児の寝屋はとざさるる
水上に薙の月夜のつづきけり
おち果てて鮎なき湍の月夜かな
月の水医王あらはに漕ぎ出づる
鳴下りし音に目ざめつ月の酔
鳴下りし月の浅瀬を渉る
月の江や舟より長き竿を揚ぐる

待宵《まつよい》

筊は沈む静かに月の水の面
奥四万の月の峰々目ざめ居り
菱とりし舟は伏せられ月の径
一もとの松の下なる月の街
いつまでも人のありける月夜かな
爪先の山に虫鳴く月夜かな
商人に開けたるままの月の門
かたくなに月を眺むる眉目かな
その酒の杜氏の愁訴月に聞く
待宵の柴門を開けぬ夕早く

名月《めいげつ》

待宵や光りあぶなき河原径

名月の色におどろく旅寝かな

望月の乳房あらはに蚕を飼へり

名月のやがてさし来ぬ仮の宿

名月やブリューブラック量り売り

名月や四水押しくる放生津

明月やあかり少なき瑞泉寺

しあはせな雲が横切る望の月

月見《つきみ》

能登人の四五人まじる月見かな

月見るやほしいままなる酒の毒

無月《むげつ》

雨月《うげつ》

暗き江に帰り来れり月見舟
月の人朱欒の蔭を出でもせず
蚊一つを訴ふるなり月の客
月見舟一すぢの藻の懸りけり
筏の上を漕ぎまはりけり月見舟
月見舟くぐりし橋を渡りけり
沼人や荻の穂かげの月の宴
月を見ず榕樹のかげに人を見ず
ゆで菱の冷たくなりし雨月かな
菱の江の浪の高まる雨月かな

錦木の木蝨《だに》の騒ぐ雨月かな

芋の葉の月に面を傾けぬ

神通の濁りにふるふ芋の露

芋掘りの居る夕闇を通りけり

牛吼えて月下の芋を運びけり

戞然と石をはじきぬ芋車

味噌汁の匂ひにこもるずゐき編み

錦木の木蝨《だに》さやかに十六夜

鬼城忌と我とへだつる幾山河

戸一枚明けて子規忌の出入り哉

芋 三 いも

芋茎 三 ずいき

十六夜 いざよい

鬼城忌 きじょうき

子規忌 しきき

霧

三

きり

へちま忌や其月老人庵を出づ

紫苑高し子規忌の机そのかげに

二度燃《や》きて子規句集なき子規忌かな

登校や流るる霧に逆らひて

秋霧のしづく落して晴れにけり

大日岳に一すぢの径霧馳する

山走る男の子の群が霧に乗る

霧こめてたけ高き木の名を知らず

秋霧の漂ふ障子破れ居り

幾尾根を重ねてぬらす秋の霧

駅長の歩みきこゆる夜霧かな
霧迅し晒菜升麻雨しづく
瘤山にぶつかる霧の渦まきて
瘤山も浅間も霧に逆らへり
草刈も伏猪も霧にかくれけり
石上の長柄の鎌も霧がくれ
しやらしやらと豇豆をこぼす霧の宿
熊笹のささやき交はす狭霧かな
秋霧やしづくとなりて人晴るる
朝霧や雫してゐる馬の腹

杣が妻にしづくしやまぬ狭霧かな
秋霧やたれも上がらぬお蚕の部屋
秋霧や鎌原人の声たかく
草刈の顔に流るる秋の霧
蚕食ひし肌を流るる狭霧かな
秋霧や炊煙こもる祭宿
秋霧や雫し遊ぶつぶし鶏
黒髪の雫するまで霧を来し
秋霧のうつて流るる片頬かな
秋霧や影を大きく番ひ鳥

蜉蝣 三　かげろう

かげろふの来てさわがしき障子かな

かげろふの居る水ばかり流れけり

蜻蛉 三　とんぼ

蜻蛉や糸瓜をさらす水広し

日落ちてなほ飛ぶ野路の蜻蛉かな

秋の蝶 三　あきのちょう

秋山の人に堕ち来る蝶々かな

ひるがへる力も見ゆる秋の蝶

金堂の柱はなるる秋の蝶

御抜穂の雫したたる秋の蝶

秋の蜂 三　あきのはち

かへり来て顔みな同じ秋の蜂

秋の蚊帳 三　あきのかや

こち向いて巨籟寝ねたり秋の蚊帳

秋蚊帳を仕舞はで人を待ちにけり

蚊帳の別れ　かやのわかれ

朱の緒のなほ艶めくや別れ蚊帳

秋扇 三　あきおうぎ

珊瑚珠をつけし下げ緒の捨扇

秋袷　あきあわせ

ふところに紺の香高し秋袷

つつましや秋の袷の膝頭

うたたねに風呂敷しくや秋袷

蛇穴に入る　へびあなにいる

尽く蛇のかくれし野山かな

雁 三　かり

昨日今日飛騨とぶ鳥は雁ならし

水上の薙に沈みて雁渡る

雁のおりたる水は窓下まで

燕帰る《つばめかえる》

太鼓懸くれば秋燕軒にあらざりき

筆置いて淋しと思ふ帰燕の賦

曼珠沙華《まんじゅしゃげ》

曼珠沙華無月の客に踏まれけり

鶏頭《けいとう》 三

人の如く鶏頭立てり二三本

秋の海《あきのうみ》 三

秋の海臍まで入りて舟を押す

木拾ひがあるける秋の海辺かな

秋の波稲架のかげまで飛んで来ぬ

はるかなる秋の海より海女の口笛《おそ》

白々と海女が潜れる秋の海

鯔《ぼら》

潟行くや鯔が身を打つ小提灯

鰡とんで二上山をいづくとも

鯊《はぜ》 三

二三尺てぐすが見ゆる鯊の潮

荒海にそそぎてやまず鯊の水

鯊釣《はぜつり》 三

大仙陵照らず曇らず鯊釣るる

古帽の中にやさしき鯊つる目

菱の実《ひしのみ》

菱採りし大沢に月さしにけり

菱の実の溜りし舟を漕ぎにけり

大池の鏡の面に菱を採る

草の花《くさのはな》 三

草の花あまりに小さく臙脂色

秋海棠《しゅうかいどう》

玄関に踏むべくありぬ秋海棠

竜胆　りんどう　雨ためて竜胆花を覆す

コスモス　こすもす　コスモスの倒れて花を上げにけり

吾亦紅　われもこう　へしへしとわが手に折る吾亦紅

浅間越す人より高し吾亦紅

吾亦紅枯首あげて霧に立つ

吾亦紅くらし指さす人もまた

露草　三　つゆくさ　一叢の露草映すや小矢部川

一叢のつゆ草露をくつがへす

唐辛子　三　とうがらし　掛け足して直ぐ赤らむや唐辛子

秋茄子　三　あきなす　追肥して秋の茄子の一さかり

菜虫 [三]　なむし

胡麻　ごま

玉蜀黍　とうもろこし

黍　きび

稗　ひえ

倶利伽羅や秋の茄子に道ありて

紫蘇の葉に穴をあけたる虫見たし

白胡麻の一莚あり干しに干す

唐黍を焼く火を煽ぐ古葉書

唐黍や強火にはぜし片一方

黍飯をくづせば未だ温かく

はつはつと啼かぬ虫とぶ薙の稗

飛騨人や股稗かしぐかんばの火

人さやぎ飛騨の山稗熟るるとふ

飛騨人や刈りこそいそげ股稗を

木犀　もくせい

爽やか　三　さわやか

冷やか　ひややか

稗刈らな股稗刈らな飛騨山に

稗刈れば霜はさやかに降りにけり

股稗のその身重たく飛騨に伏す

皆通る木犀の下の暗きかな

木犀の匂へる闇の竹の声

仮の世に仮の宿とて爽やかに

大阪にココア磨る音さはやかに

刺竹うつ暁風の冷やかに

しんしんとレールの冷ゆる湯檜曽谷

簗冷えに一くべ風呂はたぎちけり

秋の水 三 あきのみず

東院堂秋冷人を突く如し
さざめきて秋水落つる山家かな
落ち合ひて澄まんとするや秋の水
秋水になほ飛ぶ蛙二三点
もの洗ふ水輪おこるや秋の水
秋の水故郷に似て亀浮ぶ
鯉出でて遠ざかり行く秋の水
秋水に映りて犬も駆けりけり
秋の水流れをとどめ海に入る
祭鍋そそぐ秋水山より来

水澄む 三 みずすむ

廻り砥のよろこびまはる秋の水

猫がなめ秋水少し動きけり

水澄めばおのれが映るばかりなり

十月

秋の日　三　あきのひ

高嶺より路の落ち来る秋日かな

秋の日や食籠を見る暗き棚

慌しく大漁過ぎし秋日かな

蛇追うて湖に到りし秋日かな

秋日さす万灯籠のうしろかな

秋光をさへぎる銀の屏風かな

京城の七つの岡の秋日かな

秋日ざし栗鼠は頭をめぐらしぬ

秋晴 三

あきばれ

鷺下りてデルタの果に秋日落つ

蝶々の木の間はなるる秋日かな

鞴火の低き炎に秋日差

二上の西にたまれる秋日かな

大阪や秋日の道を四方に馳せ

白壁のかくも淋しき秋日かな

直会や秋光返す庭の苔

鮒湧いて遠く走らず秋晴るる

秋晴や一点の蝶岳を出づ

秋晴の白根にかかる葉巻雲

秋晴や草津に入れば日曜日

秋晴や繻子の襟かけ雄島海女

秋晴にうつろふ顔を悲しみぬ

秋高し　三　あきたかし

天高し海女の着物に石を置く

秋の雲　三　あきのくも

山人のくしやみやとどく秋の雲

炭竈のみな煙りをり秋の雲

月代をはなれ流るる秋の雲

秋雲を落ちくる利根の高音かな

秋の山　三　あきのやま

有る程の衣をかけたり秋山家

秋山に騒ぐ生徒や力餅

枯わらびつかんで登る秋の山

秋山や日陰蔓露しとど

空沢は瀧より白し秋の山

明るしや瀧が聞こゆる秋の山

うつり行く蝶々ひくし秋の山

秋の野 三 あきのの

暖かき秋野の石に掌を置きぬ

東塔の見ゆる限りの秋野行く

別れてもいつまで見ゆる秋野の人

秋風 三 あきかぜ

秋風に倒れず淋し肥柄杓

秋風や片側ぬるる神の松

大いなる梯子の裾や秋の風

秋風に朴は古りけり清水越

犬樟も椿も秋の風に鳴る

野の人の声を押し来る秋の風

鶸居る野を秋風の通るなり

花採れば腕にあまり秋の風

秋風のさわぐ茅萱に墓まゐり

秋風に海女の襦袢は飛ばんとす

秋風や祭づかれの台所

秋風や壊れ七輪まめやかに

秋風のうづ巻き通ふ音なりし

あきかぜや呆けてならべるちから芝

秋風の吹きくる方に帰るなり

秋風や葛湯が懸る銀の匙

秋風もつかまんとする別離かな

抜穂すみ神あがります秋の風

直会や金風軒をつらぬきて

金風やかたき畳に神酒の陶

秋の声　〔三〕　あきのこえ

椎の木を離れてはげし秋の声

秋の暮　〔三〕　あきのくれ

這ひ出でし南瓜うごかず秋の暮

秋曇　三　あきぐもり

金堂の御仏在せり秋曇

水煙に秋の曇りは猛り来る

葛の上の灯台の上の秋曇

秋の雨　三　あきのあめ

秋雨や敷居の上の御燈料

秋雨や葛這ひ出でし神の庭

秋霖やうづまきもゆる広葉の藻

灯袋をうつ秋雨の音きこゆ

筊をあぐる人両岸に秋の雨

秋雨やいづれを行くも温泉の道

四万川の瀬鳴り押し来る秋の雨

菌《きのこ》

平湯径よべの秋雨湛へ居り

紫の影落しけり菌山

茸番の犬が尾を巻き迎へけり

茸山に歯朶の古葉を焚きにけり

毒茸の煌々として白かりき

毒茸を捨つれば蜻蛉すぐとまる

松茸にあらざる木の子歯朶にさし

ねずみ茸もゆる木の間を神詣

赤埴に茸山の径十文字

鼠茸もゆるも知らず踊見に

松茸　まつたけ

茸狩　たけがり

濁酒　にごりざけ

稲 [三]　いね

浮塵子 [三]　うんか

蝗 [三]　いなご

歯朶にさし土屋にくるる木の子かな

摧かれし白き木の子のおそろしき

目の前の松茸山に径は無し

茸狩や温泉の居残りが山弁当

夕焼の下に出でけり茸狩り

炭燃えて濁酒漸くあたたまる

東《あ》北《い》吹くや八束穂の稲ゆれやまず

待宵の髪をくぐれる浮塵子かな

天高くのけぞり飛べる蝗かな

色かへて蝗まだゐる庵かな

ばつた　[三]　ばった

稲雀　[三]　いなすずめ

鳴子　[三]　なるこ

秋収め　あきおさめ

頼もしや蝗つつぱる掌

相逢うて蝗とまれる背を知らず

隠れたる蝗の顔の忘られぬ

土の上に土の色なるばつたかな

芋の葉に大き音してばつた来ぬ

ばつた老い坤にまぎれて居たりけり

稲雀淀をわたりて来りけり

大空に日の廻り来し鳴子哉

日暮れなんどこの鳴子も鳴りにけり

カナリヤは籠に飛び交ひ庭仕舞

落し水　　おとしみず

田舟入れて久しくなりぬ落し水

堰あけて糸ほどの水落しけり

落し水倶利伽羅山は月夜かな

落水の利根がかなづる夕かな

水落ちて野山の果の見えにけり

秋篠の人の早寝や落し水

秋の川　[三]　あきのかわ

風落ちてむらさめ駆くる秋の川

下り簗　[三]　くだりやな

郡長の来て歩きけり下り簗

石揚ぐる利根の水勢に下り簗

月に出て人働けり下り簗

落鮎 [三] おちあゆ

下り簗さして径あり石の上

落ち落ちて鮎は木の葉となりにけり

豁然と竹うつ風や鮎渋る

渋鮎の焼くるを待てる人しづか

渋鮎の着きし厨の真暗がり

鮎落つる水来てかしぐ雄神橋

渋鮎を焼く入口の炉をまたぐ

鮎落つる水勢きこゆる二階かな

橋下に知る女あり鮎落つる

秋川に一塵もなく鮎落つる

渡り鳥　三　わたりどり

色鳥　三　いろどり

小鳥　三　ことり

鵯　三　ひよどり

鵙　三　もず

稲架かけて飛騨は隠れぬ渡り鳥

鳥屋主の横つらを鳥渡るなり

吹きあがる落葉にまじり鳥渡る

色鳥や末社の並ぶ松の中

鳥屋主の掌をこぼれたる小鳥かな

楠の実を食べて浮かるる小鳥かな

鵯の高音渡りやいもばたけ

薬師寺と唐招提寺鵙渡る

鵙飢ゑて唐招提寺しづかなり

水沢も相馬ヶ岳も百舌鳥ぐもり

鶉　三　うずら

椋鳥　三　むくどり

鶫　三　つぐみ

鶺鴒　三　せきれい

木の実　三　このみ

梨　三　なし

片鶉驚きやすく翔りけり

かたがりて星座あがりく鶉の野

渡り来て夕間暮なり浮かれ椋鳥

大和には松山ばかり鶫墮つる

躯を懸けて人を憎めり鶫の目

歓びにあらず鶫は鳴いて墮つ

黄鶺鴒うすづき消ゆる秋の天

ちんぐるま実となり鶯老いにけり

梨売が指さす方に佐渡曇り

梨売のセルのかるさんもえぎ色

柿《かき》

撒饌の一つ玉なす婦負の梨
しみじみと日を吸ふ柿の静かな
柿落す人のうしろの狐かな
ころがりて円座あらはや卓の柿
山姥がひともと守る柿あまし
山姥の胤にまじりて柿を噛む
四五本の渋柿たよる山家かな
柿甘し風邪のつのるも物ならじ
噛みあてて暫くにがき柿の種
舌端にやがて温まる柿の種

遠く来ていよいよ甘し円座柿

るいるいと渋柿全き御寺かな

吊し柿《つるしがき》

干柿の静かなるかな神の前

種飛んで人おどろかす吊柿

煤さげて煤よりくろしつるし柿

茱萸《ぐみ》

秋ぐみのかくて赤らむ風雨急

秋ぐみを摘みつつ遠き道なりけり

秋ぐみを折りては捞り當麻口

ぐみ青し愛憎終に悔ゆるなく

愛憎に堪へて赤らむ秋のぐみ

葡萄《ぶどう》

一房の葡萄を切れり霧の中

葡萄採り夜は帰り来る藁屋哉

葡萄届きて煌々と照るランプ哉

葡萄守一つ灯に五六人

葡萄守の子の泣く声や夕間暮

葡萄園椅子片よせて雨ざらし

葉のかげも葡萄のかげも月の下

こぼれたる葡萄の涙月よりか

葡萄切つて君を見るべき明日ありや

一つぶの葡萄おもたき別離かな

秋祭 三 あきまつり

掌に葡萄を置いて別れけり

別るるや葡萄の珠に指ふれて

歯にあてていよいよ円き葡萄かな

人がうちし葡萄雫も美しく

年よりが四五人酔へり秋祭

静まりて獅子は帰りをいそぎけり

山川や神輿について獅子かへる

くたくたと獅子がへたばる獅子の宿

赤々と秋の祭の一ところ

藤蔓を登る子供に秋祭

御手洗に大樋渡して秋祭

秋祭過ぎたる神に幾重の扉

樫の木の蔭も古りけり秋祭

秋祭蝶々小さくなりにけり

群巒にひとり神なる秋祭

秋祭人語四方の峠より

漂へる蝶々黄なり秋祭

大空の雲はちぎれて秋祭

たしなまぬ我れにも一壺秋祭

手花火の消えたる闇の秋祭

菊《きく》 三

秋祭すみたる松の籟《ひびき》かな
奥四万に群巒きそひ秋祭
鍋つけて野川暮れ行く秋祭
秋祭すでに焚くほど落葉あり
地におろす秋の祭の太鼓かな
落葉焚き秋の祭は始まれり
箒葉を焚く火ひねもす秋祭
菊切るや唇荒れて峯高し
一もとの菊ののめりし菜畑かな
鼬川菊つくる家両岸に

夕寒し黄菊白菊大輪に

その彩を忘れし菊に杖そゆる

白菊や色濃き反り葉重ね居り

鉄くさき鍛冶が愛する黄菊かな

菊膾　きくなます

干菊をさりとて寒く食《とう》べけり

野菊　のぎく

蝶々のおどろき発つや野菊の香

頂上の野菊に居たり逸れ牛

薯を焼く煙の中の野菊かな

草の穂 [三]　くさのほ

土俵入りすみし草の穂起きあがる

朝露に夕の風に穂立ち草

教会に穂を揃へたるちから芝

温め酒　[三]　あたためざけ

干菊を点じて酒のあたたかく

去来忌　きょらいき

去来忌に行くや天満の人通り

後の月　のちのつき

膝折れの蟀も啼け十三夜

膝長う座れる人や十三夜

白々と縁にさし来ぬ後の月

蟷螂の卵の見ゆる十三夜

砧　[三]　きぬた

四五人のひととき打ちし砧かな

祇王寺や留守の裏戸の石砧

藁砧月光たまる山の陰

小鳥網　ことりあみ

日あたりてそよぎ初めけり霞網
月さして薄みどりなる鳥屋の畑
鳥屋の鍋懸れる松に月落つる
鳥屋の径熊笹そめて夜明けたり
大榾にほてりて赤き鳥屋親子
鶯のかかるばかりや小鳥網
小鳥網やぶうぐひすが二処
倶利伽羅へ藪つづきなり小鳥網

囮　おとり

鳴き負けてかたちづくりす囮哉
暁の闇を上り来囮掛け

倶利伽羅のまゆみの枝に囮籠

やや寒　ややさむ
うそ寒　うそさむ
夜　寒　よさむ

やや寒や座りて小さき隠し妻
一掬の黒作りありうそ寒し
花更へて本積みかへて夜寒なる
送り出て皆足白き夜寒かな
夜寒灯や翼かさねて銅の鶴
京都の灯一かたまりに夜寒かな

牛蒡引く〔三〕　ごぼうひく

鬚牛蒡埋けて今年を頼みけり
竹藪を洩るる夕日に牛蒡埋け
牛蒡埋け行き来せはしき雲の下

草厚き土を翻《かえ》して牛蒡埋け

馬鈴薯　三　じゃがいも

昼風呂や千貫めざす薯の主

頂上や月に乾ける薯畑

甘藷　三　かんしょ

干薯の百莚ほどかぎろへり

自然薯　三　やまのいも

山芋のからみて磐梯暮れんとす

山芋のからめば青し磐梯山

薯蕷　三　ながいも

安達太良の雷や長芋出でんとす

薯粥　三　いもがゆ

薯粥や藤原岳に雪やまず

何首烏芋　三　かしゅういも

天の下毛薯は風に乾き居り

蘆刈　あしかり

遠く来て曲り江の芦刈りはじむ

芦束に芦刈下駄の揃へあり

萱刈る《かやかる》

刈り伏せし萱の深さや鳥渡る

萱刈りが下り来て佐渡が見ゆるてふ

敗荷《やれはす》

鮒湧いて敗荷のかしぐ寒江村

人来ねば蓮破るるばかりなり

ぬくぬくと蓮破るる風吹いて

破蓮のほとりに今日の径尽きぬ

木の実落つ《このみおつ》

一しきり木の実落ちたる夕日哉

樫の実《かしのみ》

樫の実のくぐり落つるや竹林

栗《くり》

ひしひしと毬栗さしぬ施餓鬼棚

拾ひ来て畳に置きぬ丹波栗

四万川に一樹の栗はこぼれけり

生栗の上の干栗一莚

美しき栗鼠の歯形や一つ栗

干栗をつかみ食《とう》ぶる月夜の子

幾月夜干栗甘くなるばかり

団栗　どんぐり

一つとり二つはこぼす櫟の実

栃の実　とちのみ

栃老いて有るほどの実をこぼしけり

あきらめて栃の実ころげ出でにけり

草の実　三　くさのみ

草の実をつまみ落すや橋に来て

稲刈《いねかり》

黄釣船の実を打ちつけぬ其処らあたり

きりしづくして枯れ競ふ千種の実

まつ黒に草の実かかる夕日かな

草の実にふれてあるけり目出度き日

草の実の色をつくして懸りけり

草の実に滑りありくや黒部谷

立山に初雪降れり稲を刈る

明日や刈る法隆寺門前の稲

薬師寺の裏の深田の刈られけり

菱の江や稲舟潮に押され来る

刈田《かりた》

月山に向けばつめたし刈田径

稲架《はざ》

岩瀬野や稲架くづしたる縄つ切

稲架に居る親子の帽子飛びにけり

稲架のかげ能登街道が窪み居り

稲架かけて薬師寺ぬけて行きにけり

稲架かけて唐招提寺富みけらし

籾《もみ》

籾干すや仏の御領百莚

籾磨《もみすり》

唐箕風一すぢ水に吹きつくる

新藁《しんわら》

倶利伽羅の家々見えず今年藁

晩稲《おくて》

秋篠の晩稲のさやぎ藪を透す

露霜　つゆじも医王山つゆじも砕け鳴りにけり
冬支度　ふゆじたく用のなきものを重ねて冬支度
茨の実　いばらのみ茨の実染まるも早し浅間山
蜜柑　みかんころげ出て尻皆青き蜜柑哉
縁側に初蜜柑とてころがしぬ
種茄子　たねなす十ばかりありと思へり種茄子
秋深し　あきふかし海栗さめて北斗あかるく秋たけぬ
紅葉　もみじ紅葉折る木魂かへすや鏡石
湧き出でて瀧をはなるる紅葉かな
早紅葉の散りてかからぬ墓はなし

面こがす紅葉にあひて能登へ下る

木葡萄の紅葉ふるはす海の音

霧雫してうなづける紅葉かな

いただきの一枚さわぐ紅葉かな

紅葉林湯女の唱歌の聞こえけり

高々と萌黄の空に夕紅葉

湯女暗し紅葉の下の径に遇ふ

紅葉せる菱の水汲む御陵守

菱紅葉かくていつまで人や恋ふ

淋しさに堪ふるや菱も紅葉して

我が行けば弟切草も紅葉して

手袋を芒紅葉にふれて行く

寺々や早紅葉寒く閉ざし居り

黄葉《もみじ》

いぬつげの黄葉の下の有馬径

豆黄葉少しの風に倒れけり

照葉《てりは》

しんしんと枇杷の照葉のてりかへし

櫨紅葉《はぜもみじ》

宵暗に散つて仕舞ひぬはぜ紅葉

錦木《にしきぎ》

錦木の紅葉を折れば響きけり

蔦紅葉《つたもみじ》

人声のかくるる岩に蔦紅葉

崩れ簗《くずれやな》

簗崩す夜々の水勢に三日の月

行秋《ゆくあき》

行く秋や隣の窓の下を掃く

灯して秋行く寺の二階かな

行秋や木の根押し来る小矢部川

行秋やおどろきたてる藪の蝶

冬の部

十二月

冬《ふゆ》 三

香煙に三冬の髪みどりなり
鳥孵へる国土の果も今は冬
この岩のこの冬に恋ひ来しやわれ
青々と山吹冬を越さんとす
山焼きし少年老いて冬を守る
白鳥陵地平の冬に沈み行く
孔あけて火山鳴るなり冬の風

立冬　りっとう

初冬　はつふゆ

神の旅　かみのたび

神送　かみおくり

神の留守　かみのるす

佐久の郡ものの音なく冬来る

冬は来ぬ朝日夕日の大きくして

初冬の平戸のかげに汽船《ふね》入るる

葛城の神の旅立つ夕日かな

灯すや旅立つ神の氏子達

神たちし野川に遊ぶ鼬かな

西東いなづま馳せて神を送る

大阪や五位舞ひ上がる神の留守

神の留守立山雪をつけにけり

灯して蔀下ろして神の留守

初時雨　はつしぐれ

絶壁に吹き返さるる初時雨

傾ける越中の野の初時雨

奥山に飛騨の国あり初しぐれ

別院の燦爛として初時雨

初霜　はつしも

ちから芝初霜かぶりたかぶりぬ

炉開　ろびらき

初炉の火いくたび継ぎて春のごと

小豆鍋しばらくたぎつ初炉かな

耳立てて猫も初炉の客となる

御取越　おとりこし

人波の中の篝や御取越

酉の市　とりのいち

浅草の暗きをありく酉の市

熊手　くまで

鞴祭　ふいごまつり

山茶花　さざんか

芭蕉忌　ばしょうき

別院の家根のかなたの酉の祭《まち》

横須賀の一つの谷《やつ》の酉の市

三の酉に遊びし徒弟時代かな

射的屋に大き熊手の届きけり

鞴祭女の声も酔ひにけり

肉色の山茶花ひらき匂ひけり

愛憎一途白山茶花の垣根して

時雨忌の人居る窓のあかりかな

芭蕉忌やみな俳諧の長者顔

一隅に霜葉をさせり翁の忌

冬耕　三　とうこう

冬耕や押し合ふ松の上総山
冬耕の牛つながるる玄徳寺
冬耕の牛を曳きこむ當麻径

麦蒔　むぎまき

麦蒔を了へたる髪をつみにけり

蓮根掘る　はすねほる

蓮掘りに金沢の灯が見ゆるなり
東京の炊煙見ゆる蓮掘り

綿虫　わたむし

おほわたの命に長き此の夕
現し身におほわた付けて歩きけり

小春　こはる

小春凪最上に入りて三日ほど
いつまでも夕日漂ふ小春かな

冬日和　三　ふゆびより

山川や小春月夜に浮かれ浪
小春日を掬せんとして逍遥す
一握の久能の山に冬晴るる
冬晴や水上たかく又遠く

落葉　三　おちば

落葉して蔓高々と懸りけり
星空や落葉の上を精進まで
松柏の梢を渡る落葉哉
舞ひ上がる落葉しばらく有馬山
にぎはしや落葉する木が二三本
落葉して杉あらはるる山路かな

枯れ澄みて落葉もあらず黒部川
有馬川今年の落葉流れ行く
行く人に落葉かけぬく上路橋
舞ひ出でて海原とほき落葉かな
深々と落葉の中の落葉掻き
谷々の澥におし合ふ落葉かな
舞ひ済みし大蛾もまじる落葉かな
温泉の神の出で行きませし落葉の香
旅人は休まずありく落葉の香
板屋根の泥になるまで楢落葉

柿落葉　かきおちば

木の葉 三　このは

凩　こがらし

時雨　しぐれ

人を打つて柿の古葉は飜る

裏富士に落葉松の葉は降りしきる

木枯やもり上がりたる木場の橋

わが宿の客を濡らせし時雨かな

時雨るるや水の流るる竹林

北国をぬけ出て伊吹時雨かな

大阪に今日もしぐれつ玉子焼

大原に比良を見出でし時雨かな

時雨るるや渕瀬変らぬ黒部川

幾時雨草木を濡らすばかりなり

空高く吹きかへさるる時雨瀧

叢祠神しぐれの瀧を懸け給ふ

砺波越すあわただしさよ幾時雨

捨てかねし命をありく時雨かな

時雨るるや水勢あつまる飛鳥川

寺かじる鼠が駆くる時雨かな

北窓塞ぐ《きたまどふさぐ》

北窓を閉ざすや貝の眠るごと

目貼《めばり》

目張して山河枯るるにまかせけり

報恩講《ほうおんこう》

御満座や尼達ならぶ松の下

加賀に入る道のほとりの報恩講

竹瓮 三 たっぺ

野に山に報恩講の灯かな
老いにきと姉妹ありく報恩講
竹瓮沈めて水曲り行く夕かな
沈みたる竹瓮が濁す水の底
竹瓮あぐる人にかぶさる男山

十二月

霜月　しもつき
短日 三 たんじつ
冬日 三 ふゆひ
梟 三 ふくろう
冬田 三 ふゆた
鴨 三 かも

霜月や酒さめて居る蝮取り
大阪に三日月あがり日短し
日短し青貝のごと河北潟
冬日影耳にとまりて暖かし
高野山金剛山と冬日向
梟の居るさへ淋し松の風
御針子の窓に一枚冬田かな
砂山に登れば鴨の見えにけり

鴨の海二羽づつ立つてあともなし

鳴きたてて氷ふみぬく渡り鴨

鴨網や風を染みて糸匂ふ

鳰《かいつぶり》 三

大和路や正月ちかき鳰の水

鳰の来る水とて濁りいとしみぬ

初雪《はつゆき》

うしろより初雪ふれり夜の町

浜町の初雪いまだ踏までなり

初雪のつもれる廃車うごかしぬ

たからかに初雪溶けぬ上路川

初雪やその夕より解けそめて

初氷　はつごおり

初氷消えたる頃を寝あぐる

寒さ　㊂　さむさ

諍ひに勝ちし寒さや家にあり

武士の寒き肌や大灸

先哲の貧苦おとらめや我が寒さ

岩岩に倚《よ》りて寒しや黒部川

寒々と石に義足を立て掛けて

下りて来し浅間の裾も寒くして

大いなる朽ちし鳥居の寒さかな

雪うすし寒さにたふる赤城山

冷たし　㊂　つめたし

湯たんぽを換へて呉れたる冷たき手

枯木　三　かれき

枯木宿からたちの実の見ゆるなり

寄生木と鳥籠かけぬ枯木宿

枯れまじるにはとこ太き垣根かな

下葉よりあぢさゐ枯るる許りなり

枯枝にまじるコスモス紫苑など

枯桑　三　かれくわ

利根の水岐れ行く見ゆ桑結ひて

冬枯　三　ふゆがれ

冬枯や水の溜りし寺の庭

冬枯れて汽笛かへすや金剛山

萩枯れて芒は枯れて佐渡見ゆる

国土黄に枯れたる海のふかみどり

塊と礫あひ追ひ土枯るる

枯れそめし武蔵野の風顔を押す

鉦叩しきりに叩き飛騨枯るる

綬をたれて枯るるや聖者さはぐるみ

冬ざれ　三　ふゆざれ

つぶし鶏四五日飼はれ冬ざるる

冬ざれや物の音怖づるつぶし鶏

枯　草　三　かれくさ

灰捨つれば風絶えず草枯るるかな

草高く枯れて養ふ漁師かな

ヒメムカシヨモギが枯れて倒れけり

薊枯れぬ人死するごとうなだれて

うつぼ草枯れぬわれひと知らぬ間に
うつぼ草枯れぬ水晶の露置いて
うつぼ草枯れぬ高嶺を鳥出でず
塔高くうつぼ枯れたり鷹翔る
茅ヶ岳頭をあげて茅枯るる
人の世の奥山の草枯れて立つ
茅枯れてみづがき山は蒼天《そら》に入る
両岸の堰の戸あけて草枯るる
草枯るる庭をのぞかぬ人ぞなき
高原にぜんまい枯れてかぶされり

稗枯れて月にも折るる響きせり

草枯れて流れそめけり溜り水

葛城を下りくる犬に草枯るる

洲草枯れ両岸枯るる大和川

淀川を隠せる藪も枯れにけり

枯蔓　三　かれづる

灯台に人語きこゆる葛枯れて

枯蔦　三　かれつた

蔦枯るる窓は閉ざされ時雨るる日

雪つけて瑶珞のごと蔦かづら

枯尾花　三　かれおばな

奥山に逆巻き枯るる芒かな

佐渡を見る人来て座る枯芒

枯歯朶　三　かれしだ

枯芝　三　かれしば

枇杷の花　びわのはな

冬芽　三　ふゆめ

打ち合へり洩れ日のあたる枯芒

枯芒洩れ日あたりてそよぎけり

枯羊歯や人にさはりて流れ去る

まざまざと妹の糸屑芝枯るる

明け暮の憂に踏みし芝も枯れ

花枇杷に色勝つ鳥の遊びけり

青空の木々の冬芽に風の音

空つかむ冬芽の爪も雪を待つ

飛騨人の培ふ桐の冬芽かな

木々冬芽凍のゆるみに濃紫

雑炊　三　ぞうすい

冬菜　三　ふゆな

納豆汁　三　なっとじる

粕汁　三　かすじる

葛湯　三　くずゆ

水上や雄々しく太き冬木の芽

唇を芹雑炊が焦しけり

雑炊にぬくもり口は一文字

神通の瀬々に音なし冬菜とり

冬菜濃き畑あがりに呉羽山

鮒釣りの毎日居りて冬菜濃し

能登立つや納豆汁にぬくとまり

粕汁に酔ひし面をかくしけり

葛湯して匙の足らざる温泉宿かな

風落ちて月あらはるる葛湯かな

冬の山 三 ふゆのやま

冬山や身延と聞いて駕籠に覚む

冬山や馬も清らに藁を敷く

谷底に吊橋かけぬ冬の山

蛇にあらず冬山の路生きてあり

一握り冬山に韮の勢ひかな

冬山や帽子をはらふ栂の枝

真榊の濃緑燃ゆる冬の山

わさび田を重ねて晴るる冬の山

空山の常盤木に神いましけり

寒山に谺のゆきき止みにけり

頭たれて月に覚めをり雪の山
雪山は月よりくらし貌さびし
冬山や径あつまりて一と平
押し合ひて冬山は日を恋ひにけり
色変へて夕となりぬ冬の山
ゆづりはもあすひも触るる冬の山
口笛の谺にありく冬の山
一角に夕月わらふ冬の山
山枯れて提灯つけて足早な
垣ひくし砺波医王の眠るかな

山眠る 三 やまねむる

愛宕社のうしろに出でぬ山眠る
眠る山樵夫矢立を鳴らしけり
眠る山佐渡見ゆるまで径のあり
八ヶ岳涸沢かけてよき眠り
人住みて葱をつくれり眠る山
蓼科の眠れば佐久の夕明り
北佐久の早瀬瀧なし峯々眠る
眠る山一樹しぐれて頭をふるふ
雪雲のとどかぬ山も眠りけり
大いなる足音きいて山眠る

鴨たちて再びねむる野山かな

山眠る穴虫越をふところに

冬野 三 ふゆの

塔上の人の声きく冬野かな

枯野 三 かれの

海老汲むと日々に歩きぬ枯野人

枯野来し人の指環の光りけり

釣人の声しみとほり野は枯るる

汐干いて干潟につづく枯野かな

狐 三 きつね

狐舎の灯を木の間の闇に見て寝ねつ

千鳥 三 ちどり

炭割れば雪の江のどこに鳴く千鳥

冬の海 三 ふゆのうみ

冬海や人岩に居て魚を待つ

鮟鱇 三 あんこう

鰤 三 ぶり

冬の海を打ち返したる真砂かな

冬の海秋津島根はここに尽くる

冬の海ときどき人に聞こえけり

能登の海鮟鱇あげて浪平ら

雪かんで円なる鰤の眼かな

松の根に貝うちあげぬ鰤の海

満干なき青海原に鰤きたる

鷺踏みし松が枝折るる鰤おこし

山々は岩の面あげ鰤おこし

鰤の尾に大雪つもる海女の宿

方寸の鰤のてり焼きうちかさね

舟底に初鰤と言ふ二三本

初鰤の薦をかぶりて居たりけり

鰤を焼く火のつつましき炎かな

鰤網　三　ぶりあみ

鰤網を押す高潮の匂ひけり

鰤網を越す大浪の見えにけり

鰤網の見えて港に入りにけり

乾鮭　三　からざけ

手燭して乾鮭切るや二三片

海鼠　三　なまこ

棹立てて船を停むる海鼠掻き

珠洲の海の高浪見るや海鼠かき

牡蠣 三 かき

冬の蠅 三 ふゆのはえ

冬籠 三 ふゆごもり

屏風 三 びょうぶ

障子 三 しょうじ

炭 三 すみ

牡蠣殖えて夜静かなる潮かな

冬の蠅出て来て人にとまりけり

金銀の冬の蠅とておろかしく

がぶがぶと白湯呑みなれて冬籠

冬ごもる子女の一間を通りけり

冬籠りるいるいとしてさはし柿

枕頭を画す屏風の富貴かな

障子入れて人とも世ともへだて居り

能登炭の一雪あびて出されけり

巫女白し炭をつかみし手をそそぐ

炭火 三 すみび

よき炭のやがて上げたる炎かな

消炭をはさみし炭のかたくなに

炭の香の糸の如くに洩れにけり

木炭焼くる香り漂ひ雪染むる

浪花津の炭火にかざす諸手かな

次の間の炭火の匂ふ夜は長し

焚火 三 たきび

八ヶ岳見えて嬉しき焚火哉

焚火消して月の前なる小家かな

ひと去りし椢林の焚火かな

東京や朝の焚火の皆小さく

榾 〔三〕 ほだ

榾を折る音ばかりして父と母

大榾を焚いて見せたる主かな

竹榾の炎松より花やぎて

炉 〔三〕 ろ

大津絵をかけて炉あかし社交室

大榾にかくれし炉火に手をかざす

炉の炎杣の白髪も数へらる

掻き立つる人もあかるし狩屋の炉

炉の隅に鉄瓶たぎり居たりけり

ひらきたる炉火をさかひに仮寝妻

火鉢 〔三〕 ひばち

大いなる手に火のはぬる火鉢かな

手焙 三 てあぶり
温石 三 おんじゃく

湯婆 三 たんぽ
風邪 三 かぜ

松炭の燃ゆるに焦げし火鉢かな
炭はぬる火鉢をすすめ賑はしき
はね炭を埋めし火鉢広やかに
火を入れて抱へきたれり桐火鉢
伸ばしたる手にまるまると桐火鉢
潟冷えの片身に迫る手炉小さし
温石の上に我あり大和あり
温石に座るや口に一顆の飴
湯たんぽや葛城の尾に枕して
あけくれに富貴を夢む風《ふう》邪《じゃ》哉

咳 三 せき
嚔 三 くさめ
蒲団 三 ふとん
冬帽 三 ふゆぼう
耳袋 三 みみぶくろ
襟巻 三 えりまき
足袋 三 たび

よき衣をたたむや袖の風邪薬
風邪薬ききたる人に雪つもる
学問の佳境に入る咳一つ
嚔して枕に近し赤城山
布団干す名畑の山を渡り鵙
一塵もゆるさず黒の冬帽子
懐に耳袋あり庭ありき
襟巻の中からのぞく夕日山
えり巻を外せばしるき能登言葉
干足袋を飛ばせし湖の深さかな

紙漉 〔三〕 かみすき
北風 〔三〕 きたかぜ
冬凪 〔三〕 ふゆなぎ
霜 〔三〕 しも

病む人の足袋白々とはきにけり
紙漉きの始まる山のかさなれり
北風おちて薄紫の夕かな
寒凪やたぶの影おく海鼠の江
寒凪や銀河こぼるるなまこの江
霜つよし蓮華とひらく八ヶ岳
茅ヶ岳霜どけ径を糸のごと
径つきて霜つむ岩にのぼりけり
さやさやと巫女の緋袴霜を掻く
霜消えぬ月山に行く径ばかり

厳しさや琅玕折れて霜に伏す

密林にこぼるる炭も霜を着け

一文字に一位の下枝霜つよし

霜置いて一位が閉ざす山河哉

から松のおとす葉もなく霜を置く

もろ草やはりつくばかり霜に焦げ

鶺鴒の鋭声に消ゆる霜の花

静かさや枝垂るる松も霜つけて

霜どけや漂ふばかり位山

神の領大霜とけて濡れにけり

巡礼のなげ出す脚に霜日和

霜凪ぎや鱗はり付く誕生寺

門前の強霜の華誰が蹴りし

霜とけて揺らげる巌に登りけり

霜夜　三　しもよ

人あるき鳥寝しづまる霜夜かな

霜柱　三　しもばしら

近道もなき壺坂の霜柱

霜柱ぐわらぐわらくづし獣追ふ

雪囲　三　ゆきがこい

山祇の出入りの扉あり雪囲

商人の来て躯を入るる雪囲

雪垣の柱なりけり立て掛けて

冬の水 三 ふゆのみず

笯に入りて千々にぬけ行く冬の水

冬の水潺々として沼を出づ

水涸る 三 みずかる

水涸れて利根の峡谷懸りけり

簗の水痩せて濃藍七曲り

水痩せて水無の神を畏れけり

水涸れて四隣に通ふ石の径

冬の川 三 ふゆのかわ

冬川や吉野はなるる杉丸太

冬川や男山よりはなし声

渦解きて荒瀬のり越す冬の川

冬の夜 三 ふゆのよ

果てしなき冬夜の夢はみな悲し

冬の星 三　ふゆのほし　オリオンの下の過失はあまりに小

冬　至　とうじ　冬至湯の煙あがるや家の内

柚　湯　ゆずゆ　藪蔭や柚湯のけぶり北斗まで

竹くべし音すさまじき冬至風呂

冬至梅　とうじばい　ぬかるみの本町暗し冬至梅

クリスマス　くりすます　一人来てストーブ焚くやクリスマス

師　走　しわす　赤々と酒場ぬらるる師走かな

古　暦　ふるごよみ　四五日を残して已に古暦

年用意　としようい　夕日こそ恋しかりけり年用意

年木樵　としきこり　年木樵木の香に染みて飯食へり

湖を打つて年木の一枝おろされぬ
年木積めば霏々と遊ぶや野路の雪
追ひ上げし木鼠の高音や年木樵

仕事納　しごとおさめ

二三本青竹切りて山仕舞

年忘　としわすれ

遅参なき忘年会の始まれり
少しばかり野をありきけり年忘
短冊に筆あやまつも年忘

餅搗　もちつき

餅搗に一番電車通りけり
竹くべし音の正しく飯を搗つ
飯を搗つと草履清らに下り立てり

飯搗つやどどろどどろと樹も明くる

年の暮《としのくれ》

路の辺に鴨下りて年暮れんとす

旅人に机定まり年暮るる

月させば松は匂ひて年暮るる

行年《ゆくとし》

年行くや耳掻光る硯箱

行く年や石あたたかき南円堂

行く年や人々かへるところあり

音順索引

あ

い

う

き

さ

し

ち

つ

に

ね

ひ

へ

ほ

ま

普羅俳句とともに

「辛夷」は令和六年には創刊百年を迎える。普羅俳句から学んだこと、すなわち第一に、俳句は人生を豊かにするという高邁な作句精神。第二には、普羅の唱えた「地貌」の表れた作句。そして第三には、丈高い立句性の追求。これらを忘れずに倦まず弛まず進んで行きたいと思う。

そのためにも普羅俳句をより身近に感じ、作句の助けとなるようにと季語別の本句集を刊行した。それは約五千句の『定本普羅句集』の一句一句の鑑賞から始まる地道にして厖大な分類、整理、検討という作業であった。

平成三一年より四年間にわたり、倦むことなく歳月をともにした野中多佳子、岡田康裕、菅野桂子、平井弘美、山腰美佐子、橋本しげこ、倉沢由美、永井淳子、永井宏子の各氏に改めて謝意を表する。

本季語別句集が現在の、そしてこれからの俳人諸氏の便に供するならば望外の喜びである。

「辛夷」主宰　中坪達哉

前田普羅　季語別句集

定　価　三、〇〇〇円＋税

令和四年九月三〇日　初版発行

編　者　中坪達哉

発行者　辛　夷　社
〒九三〇‐〇八一八
富山市奥田町一〇‐二七

発売所　桂　書　房
〒九三〇‐〇一〇三
富山市北代三六八三‐一一
TEL（〇七六）四三四‐四六〇〇

印刷・製本　モリモト印刷株式会社

地方・小出版流通センター扱い

ISBN 978-4-86627-121-7